play

play

Luis Alejandro Ordóñez

ARS COMMUNIS EDITORIAL

A Paula Isabel,

lee, lee mucho.

Índice

Chavela

Para el momento en que todo comenzó, mi estado de ánimo variaba entre los días que tenía juego de voleibol y los que no. Ir a jugar con el equipo de la compañía se había convertido en la mejor parte de mi empleo. Gracias al equipo conocí gente, me relacioné con mis compañeros de una manera más relajada y hasta pude ser visto con un respeto que mi labor diaria nunca me generó, no porque mi departamento estuviera lleno de una competencia insana o de una cuerda de envidiosos, sino porque el destino de los correctores de estilo y pruebas es pasar por la vida sin despertar ningún tipo de entusiasmo. Nadie alabará al corrector por la coma en su justo lugar, tampoco por la coma de más prudentemente eliminada, y aunque muchos escritores digan que estarían dispuestos a jugarse la vida por ver un punto y coma utilizado de manera perfecta, ninguno odia lo suficiente a su corrector como para esperarlo a la salida de la editorial con una pistola bajo el saco lista para vengar las comillas que juzgaron innecesarias. Esa posibilidad era aún menos probable en la editorial donde trabajaba, un lugar de libros sin escritores en el que los proyectos editoriales se decidían en teleconferencias y se asignaban a la firma desarrolladora de contenidos que presentara la mejor oferta, y "mejor" era jerga por "más barata".

Mi trabajo consistía en leer los textos que llegaban de las firmas desarrolladoras y hacer las modificaciones de estilo y contenido necesarias. Así, no había nadie que supiera realmente cuánto había mejorado un texto por mi intervención, ni cuánto pudo haber mejorado si yo hubiera estado más atento, porque al final, la única herramienta con que cuenta un corrector es su estado de ánimo. Las comas siempre las quitará o pondrá después de las mismas conjunciones, pero es el entusiasmo con que llegue ese día a trabajar o el que le produzca el texto que está corrigiendo lo que hará que su aporte contribuya realmente a iluminar lo escrito. Yo podía diferenciar claramente entre los textos que corregía los días en que no tenía ninguna actividad y los días en que tenía juego de voleibol.

Al principio creía que era por Isabel, la única persona de mi departamento que también jugaba en el equipo de voleibol. Isabel era editora, lo cual técnicamente la convertía en mi superior, pero en nuestra editorial ser editor significaba hacer básicamente el mismo trabajo de un corrector como yo, pero teniendo que lidiar con entregas, retrasos y horas facturadas y por facturar de las firmas desarrolladoras de contenidos, cosa que yo agradecía enormemente que no estuviera en la descripción de mi cargo. Además, es muy poca la autoridad que se tiene frente a un tercero cuando el texto que se está corrigiendo no solo es ajeno sino básicamente anónimo. Por ello, cada vez que los correctores teníamos la necesidad de lidiar con un editor era para lavarnos las manos frente al neologismo suprimido o el regionalismo modificado.

Como todos en el departamento, yo consideraba a Isabel algo antipática por la única razón de que no solía bajar al comedor a almorzar con el resto de nosotros. No que cada quien alguna vez no haya tenido que almorzar en su escritorio, pero el departamento era lo suficientemente pequeño como para que todos supiéramos qué proyectos necesitaban horas extras y cuándo no bajar a comer era una manera de no compartir con el resto de la gente. Isabel nunca compartía con nadie, salvo lo que sus labores le obligaran. La primera vez que me la encontré en un juego fue toda una sorpresa. Descubrí que era una persona amable, dulce y muy simpática, pero sobre todo pude ver que tenía unas piernas hermosísimas y que parecía disfrutar que se las miraran, no en balde jugaba con unos shorts bastante cortos. Más de una vez me descubrió viéndola con esa cara que delata a todo hombre que se detiene a conciencia en un punto de la anatomía femenina, y la forma en que al darse cuenta adornaba su desdén con una sonrisa semiescondida, generaba en mí la expectativa de ir a por más. Pero su frialdad en la oficina siempre me descolocaba y terminé convencido de que su posible interés era obra de mi imaginación. Aún así, antes de cada partido no dejaba de pensar que ese podía ser el día cuando por fin se daría la oportunidad de invitarla a tomarnos algo después del juego. Y el calendario, lejos de debilitar ese pensamiento lo estimulaba por la mayor frecuencia de partidos que se estaban llevando a cabo.

En los últimos cinco años, el Parque Industrial había crecido gracias a incentivos del gobierno municipal para que nuevas compañías establecieran su sede en la zona, por lo que la Liga de Voleibol también había visto multiplicado el número de equipos y el calendario pasó de ocupar unas cuatro semanas en un año cuando ingresé en el equipo, a convertirse en una cita de casi seis meses de duración con dos juegos por semana. El torneo se volvía mucho más competitivo cada año, los equipos se preparaban más, algunos incluso entrenaban, y había juegos que congregaban una buena cantidad de público. Pero con todo y eso, la Liga se mantenía como un evento familiar, un encuentro entre amigos después de la oficina, debido principalmente al estricto cumplimiento de la regla que establecía que los equipos tenían que tener mínimo dos mujeres en cancha en todo momento.

Yo, debo aceptarlo, pregunté si la compañía no tenía equipo de fútbol antes de entrar en el de voleibol. Inicié una gestión para formarlo, pero la respuesta que obtuve fue que igual tendría que ser mixto. Desistí de inmediato. Recuerdo haberle comentado a alguien durante el almuerzo que si había que jugar con mujeres mejor hacerlo en un deporte como el voleibol. Así que ingresé en el equipo y por suerte lo disfruté desde el primer momento y cada día más.

Hasta que llegaron Chavela y sus dos amigas. Siempre tuve mis dudas sobre si realmente trabajaban en TecnoPlus, una empresa de piezas de hardware, pero lo que sí supe junto a toda la Liga fue que las tres habían sido selección nacional de voleibol. El rumor de que TecnoPlus tendría una ventaja sobre el resto de los equipos debido a la regla de las dos mujeres en cancha, se convirtió en total certeza cuando las tres nuevas jugadoras de TecnoPlus se presentaron a jugar y mostraron que su nivel era superior al de la mayoría de los hombres de la Liga—y no digo que eran mejores que todos los hombres de la Liga porque siempre hay que cuidarse de los absolutos. Pero el problema no era ese sino la actitud.

La reconocí de inmediato porque siempre fui parte de cosas así. Entre mis más caros recuerdos de los años de la escuela están aquellos cuando Luna y Guaica llegaban a la cancha de fútbol y decidían que era la hora de limpiar el lugar de menores. Entonces tomaban el balón y a punta de chutes a quemarropa sacaban de la cancha a quienes ellos consideraban indignos de una buena partida. Yo era de los dignos, por lo que si bien no participaba de los fusilamientos en masa tampoco hacía nada por impedirlos o denunciarlos, a sabiendas de que la limpieza étnica me beneficiaba tanto en tiempo como en la calidad del juego. Sin duda, la técnica de Luna y Guaica incidió en el nivel del grupo elegido y en el retroceso de las habilidades futbolísticas de los execrados. Pero eso es parte de otra historia. Lo importante es que apenas las vi entrar ese día en la cancha del Centro Comunitario vi en ellas la mirada y sobre todo el modo de caminar de Luna y Guaica.

Recuerdo que le dije a Steve, el capitán de nuestro equipo, que ellas no venían a jugar sino a dar chocolate. Por supuesto Steve no entendió, esa era la expresión que utilizábamos en el colegio para referirnos a las partidas demasiado desiguales. No había nada que nos hiciera pavonearnos más que decir "dimos chocolate" ni nada que nos humillara más que tener que admitir que "nos dieron chocolate". Chavela y sus dos compañeras en efecto repartieron chocolate desde el momento en que comenzaron a jugar. Sus compañeros de equipo no eran muy distintos a cualquiera de los jugadores de la liga, pero ellas eran mejores que la mayoría de los hombres y la diferencia abismal que producía el que dos de ellas tuvieran que estar siempre en la cancha por su condición de mujeres, puso sobre la hasta ese momento cálida y amable Liga de Voleibol del

5

Parque Industrial, una presión que difícilmente resistiría.

Lo más insoportable de la superioridad de Chavela y compañía era la actitud tipo Luna y Guaica. Querían ser las únicas mujeres de la Liga, como si les tuvieran una especie de rabia a las demás, quizás porque no estaban a su nivel, o tal vez disfrutaban en demasía dejar en claro que las otras mujeres nada tenían que buscar frente a ellas. Todos en la Liga estábamos conscientes de su superioridad, después de todo eran las únicas ex selección nacional, hombres o mujeres, que jugaban en la Liga, pero eso no les bastaba, querían humillación, querían sangre, querían sacar de la cancha a todo el que consideraran indigno de jugar contra ellas, especialmente si eran de su mismo sexo.

A mí lo que más me molestaba era que para lograrlo estaban utilizando una regla que buscaba proteger a los equipos que tuvieran muchas mujeres de aquellos que tuvieran pocas. Era una estrategia para ganar a como diera lugar, utilizando una regla de protección de las minorías de una manera que acabaría con el grupo que se intentaba proteger, porque las primeras que dejaron de jugar contra TecnoPlus fueron las mujeres de los equipos que ya las habían enfrentado. En tres oportunidades los equipos contrarios se vieron imposibilitados de seguir jugando y la victoria fue de inmediato para Tecnoplus, porque las mujeres de esos equipos se negaron a continuar en el partido ante la fiereza con que Chavela y compañía remataban con precisión y alevosía siempre en dirección a una rival. En la segunda ronda del torneo, TecnoPlus ganó los dos primeros partidos sin saltar a la cancha por falta de mujeres en los otros dos equipos. La manera como las tres jugadoras, en especial Chavela, celebraban esas victorias por forfait, me dejó convencido de que había que detenerlas antes de que destruyeran por completo la Liga.

Entonces comencé el recorrido por una estructura inexistente, pues la Liga no era más que su reglamento y una secretaria del Centro Comunitario que llevaba en una hoja de Excel los nombres de los equipos, números de contacto y la fecha de pago de la cuota de participación.

Le escribí a todos los capitanes, excepto al de TecnoPlus, explicándoles la necesidad de hacer un cambio de reglamento que permitiera que Chavela y sus secuaces fueran consideradas hombres respecto a la regla del mínimo de mujeres en cancha. Así, cualquier equipo que en un partido contra TecnoPlus no tuviera mujeres o se quedara sin ellas, podría jugar con quien tuviera disponible. Incluso intenté ir más allá y propuse que TecnoPlus incluyera otras mujeres que les permitiera cumplir con el mínimo exigido al resto, pues en las circunstancias actuales la regla estaba obrando en su favor y en detrimento de la competitividad de la Liga.

Mi siguiente paso fue convencer a mis compañeros de que si no había quien administrara una regla entonces no había manera de hacerla cumplir. Nuestro turno de volver a jugar contra TecnoPlus había llegado y las mujeres de nuestro equipo, Isabel, Catherine y Annabelle ya nos habían dicho que no se presentarían. Nos tocaba perder por forfait o forzar a TecnoPlus a jugar de igual a igual—y ni siquiera, porque aunque nuestras mujeres se pasaran de bando, no teníamos vida contra Chavela y sus dos cómplices.

Pude convencer a mi equipo de que lo mejor era tratar de jugar y no ver cómo Chavela y compañía se volvían a salir con la suya. Cuando el árbitro llamó a los dos equipos, saltamos a la cancha como si la regla de las dos mujeres no fuera con nosotros. En seguida los de TecnoPlus protestaron y yo argumenté lo mismo que había escrito en los mails que les envié a los capitanes. Fue la primera vez que dije frente a Chavela aquello de "en lo que respecta a la regla, ellas son hombres". Chavela de inmediato me encaró exigiéndome que me retractara de llamarla machito, a lo cual yo respondí que no le había dicho machito ni nada ofensivo a ella o a sus compañeras, pero la regla estaba hecha no para ellas sino para las mujeres que no se habían presentado ni a ese ni a los partidos anteriores. Los ánimos se estaban caldeando más y más, pero el árbitro dejó las cosas en un punto frío al decir que él solo podía actuar de una manera y era siguiendo al pie de la letra lo que decía el reglamento. Pitó el forfait y como protesta me acosté en el centro de la cancha impidiendo que se jugaran los dos partidos siguientes de la jornada. Cuando me paré para irme, solo una persona quedaba en el Centro Comunitario: Chavela.

Al ver que se había quedado esperándome, pensé que me gritaría o me agrediría, pero solo me siguió, viéndome fijamente con una rabia que nunca había sentido en una mirada dirigida hacia mí, a tal punto que caminé al carro sin darle la espalda del todo, seguro de que si lo hacía ella aprovecharía para saltarme encima. Pero no hizo nada, solo siguió mirándome hasta que mi carro salió de su vista.

Esa noche no pude dormir. Estaba convencido de que lidiaba con una psicópata, pero como si los corderos hubieran balado bajo mi cama, me levanté convencido de que tenía que continuar mi lucha. Apenas llegué a la oficina me dediqué a escribir una versión alternativa del reglamento y al terminarla se la envié a todos los capitanes de la Liga, reivindicando para su aprobación una especie de poder constituyente para cambiar las normas vigentes, pues ante la ausencia de un organismo superior, la máxima autoridad de la Liga no era otra sino todos los capitanes reunidos en asamblea. Dicho esto, convocaba a una reunión de capitanes, incluyendo esta vez al de TecnoPlus, porque como me había invadido el gusanito leguleyo entonces fui leguleyo hasta las últimas consecuencias.

No sé si para mi sorpresa, la única persona que asistió a la reunión fue Chavela, en su condición de nueva capitana del equipo de TecnoPlus. Otra vez nuestro encuentro fue de puro silencio. No tenía nada que hablar con ella y ella estaba ahí solo para retarme. Con la excusa de que estaba esperando a que llegara el resto, evité cualquier intercambio de palabras con Chavela, mientras ella me miraba con una mezcla de odio y desprecio que me obligó a refugiarme en el cuaderno donde iba a escribir el acta-minuta de la reunión y que terminó siendo una hoja de garabatos de frustración. Tras cuarenta y cinco minutos de espera, di por cancelada la reunión por falta de quórum, me levanté y cuando me disponía a salir del salón en el Centro Comunitario, Chavela me llamó machista.

"¿Machista?" le pregunté y respondió que sí, que pensaba que yo era un machista que no se atrevía a enfrentarla directamente a ella porque la consideraba inferior por ser mujer. Según Chavela, toda mi cruzada por cambiar el reglamento se debía a que no soportaba

9

la idea de ser derrotado por una mujer. Tuve que reírme. "Nosotros ya éramos el peor equipo de la Liga antes de que tú llegaras", le dije con un orgullo y una altivez que la desconcertó pues en su condición de atleta de elite solo había visto esa actitud en superestrellas.

En casa, tratando de dormir, me temía que Chavela tuviera razón. En otros equipos había jugadores con la misma actitud del trío de TecnoPlus, pero habían sido ellas las que me enfurecieron al punto de convencerme de que tenía que hacer algo. Me insistía en que se trataba del uso del reglamento para ganar ventaja, pero el eco de Chavela diciéndome machista me atormentó hasta el desvelo.

Ya en la oficina, llamé a Steve para preguntarle por qué no había ido a la reunión. "Déjalo de ese tamaño, Luis, ¿tú sabes lo que se nos vendría encima si ponemos una regla que alguien tarde o temprano tildará de antiminoría?". Intenté argumentarle que al ritmo que íbamos, TecnoPlus sería campeón sin volver a jugar y me respondió que no éramos nosotros quienes perderíamos el trofeo. "Por eso mismo, por ser el peor equipo de la Liga somos los más indicados para señalar que se trata de un uso abusivo del reglamento". Tardó en contestarme y por momentos pensé que había descubierto una estrategia efectiva para invocar el poder constituyente y reformar el reglamento. Pero lo que dijo Steve terminó de descorazonarme: "Ya verás, Luis, que los equipos harán algo".

Supongo que ya lo sabía y que sus palabras fueron una forma velada de anunciarme lo que nos íbamos a encontrar en la siguiente jornada de la Liga. Ya no eran Chavela y sus dos compañeras, eran por lo menos 12 o 15 las Chavelas presentes. De un día para otro, el Parque Industrial se convirtió en el Silicon Valley de las jugadoras de voleibol. Para poder jugar en la Liga había que ser empleado de las compañías para las que se jugaba, eso no había cambiado. Lo que cambiaron fueron las políticas de personal de las direcciones de recursos humanos de las compañías. Más fácil que cambiar el reglamento era emplear a una jugadora que pudiera plantarle cara al Big Three de Tecno Plus. Y eso era exactamente lo que estaba pasando. En dos jornadas más, pasamos de ser el peor equipo de la Liga a ser el peor equipo de la Liga que siempre daba forfait, porque ya no era solo contra TecnoPlus que Isabel, Catherine y Annabelle no querían jugar, era contra todos los demás equipos. Cortadas por la misma tijera, las nuevas jugadoras atacaban sin piedad a las mujeres que no estuvieran a su nivel. En pocas semanas, la Liga alcanzó unos niveles de competitividad y agresividad propios de torneos donde los atletas se juegan una beca o un sueldo. Aquí no estaba claro el verdadero trofeo que estaba en pugna.

Isabel, Catherine y Annabelle habían jugado voleibol en sus años de colegio, pero no siguieron haciéndolo en la universidad. Catherine y Annabelle eran cultoras de sus cuerpos, siempre andaban en traje deportivo por los pasillos de la editorial, cosa que se lo permitía el ser parte del departamento de diseño gráfico. Eran jugadoras ágiles y de buena técnica, pero moverse entre el gimnasio, el yoga, el trote, la bicicleta, además del voleibol, les había quitado habilidad en su juego y en la cancha podían hacerlo todo pero nada que realmente destacara. Ellas no iban a sacrificarse demasiado por el equipo, con tantas otras actividades que atender. Isabel, en cambio, tenía el perfil perfecto de la jugadora para la cual estaba hecha la regla de las dos mujeres en cancha. Su juego era de recepción y volea, no podíamos esperar de ella que fuera a la malla a bloquear o a rematar, tampoco que se lanzara a salvar un balón, pero conservaba intacta su calidad técnica y su saque salía con un movimiento natural que tomaba por sorpresa a más de uno y no eran pocas las veces que Isabel nos brindaba auténticas rachas de puntos. Era hermoso verla sacar. No perdía tiempo en la línea, rebotaba dos veces el balón y no lo había soltado con su mano izquierda cuando ya la derecha estaba en movimiento, lo cual dejaba muy poco margen entre que flotaba frente a ella y salía disparado. Ese corto movimiento, creo yo, era la clave para que la pelota adquiriera los efectos endiablados que Isabel sin saber cómo le imprimía. Una vez hablamos de ello, fue la conversación más larga que tuvimos después de un juego, pero yo no supe darle el movimiento necesario al momento y pronto agotamos el tema sin abordar otro. Pero no es momento para una digresión. La combinación entre el saque de Isabel y la regla de las dos mujeres en cancha, la hacían la jugadora más valiosa de nuestro equipo. Sin embargo, no por ello no estaba en desventaja cuando el equipo contrario tenía un buen rematador. Isabel no era igual que Chavela, eso era lo que necesitaba que el resto de la Liga entendiera, pero escogí mal mis palabras y en vez de decir eso, lo que dije fue que Chavela era igual a un hombre y quien quiso malinterpretarme no tuvo más que repetir mis palabras con diferente tono. Ahora me habían dado la oportunidad de volver a intentar el cambio de reglamento.

Ese día decidí no bajar al comedor. Toqué la puerta de la oficina de Isabel y le pregunté si quería compañía mientras comía. Sonrió y me dio gustosa la bienvenida. "La gente cree", comentó, "que no quiero comer con ellos, pero en realidad lo que no me gusta es el comedor". Hablamos de la oficina y de cómo el afán de vender más libros y de reducir costos nos estaba quitando el único recurso necesario para hacer una buena corrección: el tiempo. Isabel se quejó de que antes podía ver lo que le enviaban las casas desarrolladoras de contenido antes de remitirlo a los correctores, e incluso revisar el trabajo de estos para añadir alguna corrección o cambio mayor. Así podía darle su toque personal al libro, incidir en el producto final, pero los últimos calendarios editoriales solo le permitían recibir los manuscritos y repartirlos a los correctores y a la imprenta, incluso llegó a enviar un libro directo de la casa desarrolladora a la imprenta. "Ya no soy editora, soy mensajera", me confesó con amargura. Yo estaba incómodo, no porque tuviera que reconfortarla y decirle que su trabajo seguía siendo importante cuando en realidad creía todo lo contrario, sino porque mi intención era hablar de otra cosa y ya no sabía cómo cambiar de tema. Pero ella se encargó de hacerlo por mí: "Y ahora, ni siquiera tengo el voleibol".

Solté de inmediato que necesitábamos recuperar el espíritu de la Liga. Le expliqué mi idea. Quería que el reglamento no hablara específicamente de dos mujeres en cancha sino que estableciera una clasificación de jugadores por sus habilidades técnicas y capacidades físicas, independientemente de su sexo, restringiendo el número de jugadores de máxima clasificación que podían estar al mismo tiempo en cancha. "No somos una liga competitiva, somos una liga recreativa", le dije. "No tiene sentido que un equipo construya una selección nacional para ganar el torneo, que por cierto, no tiene ni copa". Pero para poder llevar a cabo esos cambios, necesitaba que jugadoras como ella se mantuvieran jugando. Le pedí que fuera al próximo partido porque justo antes de él esperaba que todos los capitanes de la Liga tuvieran una copia del nuevo reglamento. "Complicado", fue lo único que me respondió Isabel, no sé si refiriéndose a mi sistema de clasificación o a la posibilidad de que volviera a jugar.

Entonces sucedió algo que no me esperaba pero que pensé me ayudaría a lograr el primer apoyo al poder constituyente de la Liga. Recibí un correo electrónico de Steve renunciando a su capitanía. En él me explicaba que fue a recursos humanos con el nombre de dos excelentes jugadoras que podían entrar a la compañía como pasantes, pero la respuesta de recursos humanos fue que la compañía había cancelado toda nueva contratación. "Off the record me dijeron que estaba por iniciarse una reducción de nómina, por lo que no tendremos nuevas jugadoras en mucho tiempo, así no vale la pena seguir siendo capitán. Renuncio, puedes asumir tú la capitanía si quieres". De inmediato llamé a la secretaria del Centro Comunitario para que sustituyera el nombre de Steve por el mío. Luego le escribí de vuelta a Steve diciéndole que esperaba que su decisión no incluyera dejar al equipo. Respiré aliviado al saber que continuaría jugando, porque Steve era el mejor jugador que teníamos.

Mi primera acción como capitán fue contactar a los capitanes cuyos equipos hubieran dado muchos forfait o recibido palizas en los partidos recientes. Después de todo, no es tan sencillo encontrar jugadoras de voleibol de alta competencia que además pudieran ocupar algún puesto vacante en una empresa. Al hablar con el primero, cuál sería mi sorpresa cuando me preguntó si yo lo estaba convocando a la misma reunión de la semana entrante. Verifiqué con Steve y él tampoco sabía. Llamé al siguiente capitán y también había sido convocado. Al parecer, estaba en proceso un golpe de estado para evitar que pudiera introducir los cambios necesarios en la Liga.

Al día siguiente, volví a hablar con Isabel, necesitaba todo su apoyo si quería tener alguna fuerza en el argumento que pensaba presentar en la reunión de la semana entrante, a la cual iba a asistir aunque no hubiera sido convocado. Le mostré todos los emails que había recibido y enviado en los últimos días y los leyó uno por uno, interesándose solo por el de Steve. "¿Va a haber una reducción de personal?". La verdad no había reparado en la gravedad de un asunto así pero no era oficial y estaba completamente fuera de nuestro control, así que para qué preocuparse. Isabel sintió que sí había que preocuparse y apenas terminamos de almorzar buscó más pistas del rumor. Al rato estaba en mi cubículo comentándome lo que el director del departamento le había dicho, que en efecto existía el rumor y que cada día cobraba más fuerza. "¿El rumor o los despidos?", le pregunté y tuve que explicarme. El rumor cobra fuerza porque más gente lo comenta, no porque lo que comentan sea más cierto, que el rumor haya cobrado más fuerza no significaba que tuviéramos que comenzar a preocuparnos. Isabel pensó que me burlaba de ella, sobre todo porque lo siguiente que hice fue preguntarle si había decidido ir al próximo partido. "Sí, voy, solo para que no tengas que volver a hablarme".

La reacción de Isabel me paró en seco. Tuve que preguntarme por qué había llegado hasta ese punto.

Qué me interesaba realmente de la Liga de Voleibol del Parque Industrial. Estaba haciéndolo por el placer de derrotar a Chavela en su propio juego, por hacer justicia con los fusilados de la canchita o por otra cosa, tal vez por mí.

Llegaba al edificio de la editorial poco antes de las 8:30, entonces iba a la cafetería y compraba el desayuno, a veces solo café, a veces un muffin, a veces cereal, a veces fruta, a veces todas las anteriores. Al pagar pasaba un rato conversando con la cajera, una señora griega que llevaba como cuarenta años fuera de Grecia pero todavía hablaba de su país como si el Partenón no estuviera en ruinas. Yo, en cambio, hablaba del mío como si ya no quedaran ni las ruinas para vivir. Era poca la gente que iba a desayunar, por eso teníamos tiempo suficiente para hablar de nuestras vidas anteriores, del clima, de los últimos acontecimientos en el mundo, de alguno que otro chisme de oficina y de la estrategia corporativa de la editorial; este último era nuestro tema favorito, aunque en realidad no sabíamos nada de cómo se hace y qué se busca con una estrategia corporativa. Luego, me sentaba en una mesa y comía tranquilo mi desayuno hasta que llegaba la hora de ir a ocupar mi lugar en el cubículo.

Trabajaba hasta el mediodía pensando en el almuerzo. No tanto por la comida, que como toda cafetería de empresa a veces tenía un buen plato, las más de las veces no. El almuerzo era el mejor momento del día por las conversaciones alrededor de la mesa. El grupo era multicultural, la mayoría inmigrantes, y otra vez los temas giraban en torno a las vidas anteriores de cada uno y, por supuesto, a la estrategia corporativa de la editorial.

Algunos hablaban de esa estrategia con el horror de artistas de la palabra heridos en su sensibilidad, otros con sorna frente a la inviabilidad de las decisiones cortoplacistas, la mayoría lo hacíamos con la creciente incomodidad de no saber lo que estábamos haciendo. En mi caso, claro que sabía lo que hacía al buscar errores de transcripción o de redacción, pero como el resto, no entendía mi lugar en una compañía que cada vez exigía que se gastara menos tiempo en la revisión y corrección de los materiales y libros que editaba. Los plazos de entrega se reducían más y más hasta el punto de que en algún momento la corrección se volvió un simulacro. El día en que comenzó todo fue una de esas fechas que después nos arrepentimos de no haber anotado en alguna agenda o fijado en la memoria para con el tiempo poderla recordar. A partir de ahí, en mi cubículo recibía montañas de hojas para leer y mejorar a sabiendas de que si lo hacía no podría cumplir el plazo de entrega. Mi trabajo se limitó a aprobar con mi firma todo lo que llegaba y solo de vez en cuando, aleatoriamente, más por culpa que por estrategia, revisaba una que otra hoja.

Visto en retrospectiva, creo que la facilidad con que yo y otros dejamos de corregir las páginas que aprobábamos para cumplir con la fecha de entrega, fue lo que abonó el camino para que nos consideraran prescindibles. Cuando el volumen de páginas que llegaban a mi cubículo y al de todos los demás correctores convertía los periodos de entrega en un chiste que nadie se tomaba en serio, los rumores sobre un outsourcing de la labor de corrección aumentaban en intensidad, pero eso lo vi cuando ya era muy tarde. En aquellos momentos participaba del chiste con el grano de mi propia invención: "Mi trabajo es practicar para celebridad", solía decir, porque firmando hoja tras hoja sin parar me sentía como un autor afamado o un admirado deportista autografiando todo lo que me ponían enfrente.

A veces dejaba el grueso del trabajo de firma para el día después de un juego de voleibol. Daba las gracias por el amor de los fanáticos, comentaba un par de jugadas que había hecho en el partido y declaraba que, a pesar de la derrota, el equipo estaba encontrando su mejor forma y una química envidiable. Entonces, me ponía "a trabajar" —entre comillas porque firmar no era ni de lejos la función por la que me pagaban, pero era la única que me estaban dando la oportunidad de hacer.

Por supuesto, en semejante ambiente las crisis se volvieron la norma. Cada dos o tres días surgía una página inaceptable que había sido aprobada con premura. Entonces la autoridad se ejercía pero sin abandonar el simulacro. Los directores editoriales sabían que su orden inicial había sido aprobar sin correcciones profundas, por lo que el hecho de atajar un error y subsanarlo era del todo contingente. Sin embargo, había que fingir indignación y preocupación frente a errores que todos sabíamos eran imperdonables, pero lo más imperdonable era el calendario editorial sobre el cual estábamos trabajando y eso todos lo teníamos bien claro, en especial los jefes. Hacía mucho tiempo que habían perdido cualquier autoridad para exigir responsabilidades frente al resultado del trabajo. Así estaba el ambiente en la compañía cuando Chavela y sus secuaces llegaron a la Liga de Voleibol del Parque Industrial.

Mi cruzada para salvar el espíritu de la Liga me hizo soportable el tener que ir todas las mañanas a la oficina a fingir que estaba haciendo mi trabajo. Pero pronto ni eso tendría que hacer.

La Liga había cambiado radicalmente. Dos terceras partes de los equipos habían incorporado jugadoras de alto nivel, muchas de ellas antiguas miembros de la selección nacional o de los equipos universitarios más importantes del país. El tiempo de dominio incontestable de Chavela y sus dos amigas había durado poco, pero a ellas eso no les importaba, habían logrado su objetivo y ahora estaban jugando en la liga que querían, una que estuviera a su nivel. Por eso, la reunión a la que asistí sin ser convocado era para comenzar un campeonato nuevo, uno con un poco más de sentido.

El torneo estaría estructurado en dos categorías, con mucha originalidad nombradas Primera y Segunda. Los doce equipos de primera y los seis de segunda, respectivamente, jugarían entre sí a doble vuelta, estableciendo un campeón de primera y un campeón de segunda. El último de la primera categoría se jugaría su permanencia con el campeón de la segunda categoría, en una serie al mejor de tres partidos donde el premio sería jugar en primera. Las aguas estaban completamente separadas, porque si bien la ubicación de los equipos en primera o segunda categoría fue determinada según la tabla de posiciones del campeonato, como era natural esas posiciones coincidían con los equipos que habían incorporado jugadoras de nivel y los que no.

Aún así, el espíritu de Luna y Guaica permanecía y Chavela y sus sucesoras querían dar chocolate por una última vez. En la reunión se estableció una especie de ronda final para el torneo que terminaba, donde el primero de la clasificación enfrentaría al último, el segundo al penúltimo y así, en partidos de eliminación directa que llevaran a los ganadores en varias etapas a la final. Con este cuadro clasificatorio se definiría el campeón del torneo y, por supuesto, la forma de emparejar a los equipos trajo como consecuencia que nuestro equipo jugaría por última vez con TecnoPlus.

Convoqué al equipo para el juego, señalando que no se trataba de un juego de liga cualquiera sino de un auténtico playoff. En un partido así, comenté en el correo que le envié al equipo, los débiles siempre tienen chance de dar una sorpresa y nuestra condición de últimos de la tabla de clasificación nos daba por primera vez una ventaja emocional sobre nuestros rivales. Claro que no mencioné que el rival era TecnoPlus. No sé si fueron mis palabras o el no querer recibir un nuevo correo persuasivo, pero todo el equipo confirmó su asistencia y a la hora del juego en la cancha del Centro Comunitario del Parque Industrial solo Catherine no se hizo presente.

Al ver que se trataba de TecnoPlus, Isabel y Annabelle estuvieron a punto de abandonar el Centro Comunitario, pero todos queríamos jugar, incluso ellas, entonces no fui el único dando argumentos para que se quedaran y no nos fue tan difícil convencerlas de que valía la pena hacer que Chavela y sus secuaces tuvieran por lo menos que moverse algo en la cancha para llevarse el triunfo.

Y cómo se movieron. El deporte tiene algo mágico que va más allá de las condiciones atléticas o de la calidad técnica de los jugadores. Un equipo que funciona a la perfección parece volver magia todo lo que hace, pero es a la inversa, la magia se genera dentro de un equipo y todo lo hace a la perfección independientemente de cuán bueno sea ese equipo. La magia a veces se apodera del más inesperado y entonces tiene el desempeño de su vida. Esa noche, en la cancha del Centro Comunitario del Parque Industrial, por unos instantes la magia nos tocó a nosotros. Jugamos como encantados, al menos durante el primer set. Yo y Steve bloqueamos como nunca y no hubo forma de que algún remate, en especial de Chavela, superara nuestra defensa. Por si fuera poco, Isabel estaba encendida, algo le estaba haciendo a la pelota que salía con un efecto impresionante, incontrolable, y desde el saque tuvo una racha de 15 puntos que nos permitió transitar el resto de ese primer set de intercambio en intercambio hasta que al final ganamos 25 por 19. El primer set que ganábamos en todo el campeonato. La rabia de la gente de TecnoPlus se sentía por todo el Centro Comunitario, lo cual atrajo un inesperado aumento en el público que veía el juego. Entre todas, Chavela destacaba por su furia incontrolable que estalló mientras nosotros festejábamos el triunfo parcial como si hubiéramos obtenido la Copa del Mundo. "¡Te voy a joder!" gritó señalándome y todos en la cancha se callaron y me miraron esperando mi reacción. Yo, simplemente le tiré un beso y el árbitro decidió llamar a los capitanes, pero al darse cuenta de que precisamente éramos Chavela y yo desistió de su idea y nos sacó tarjeta amarilla a ambos. Así comenzó el segundo set.

La diferencia entre un buen equipo y uno malo es que el bueno puede generar continuamente la magia. El malo es tocado por la magia sin que sepa cómo ni por qué, le llega sin que lo merezca y así como se generó se desvanece. Para el segundo set, nada de lo que tuvimos en el primero volvió a presentarse. Los remates de

TecnoPlus iban y venían y nos perforaban con total facilidad. El juego pronto estuvo a su favor 15-1 y la manera como Chavela y sus secuaces se pavoneaban con cada jugada hacía presagiar que la tragedia estaba cerca. Entonces, tras un error de la propia Chavela, la bola por fin regresó a nuestras manos y le tocó a Isabel su primer turno de sacar desde la racha en el set anterior. A ella la magia no la había abandonado, no en el primer saque, el balón salió de su puño con un veneno inexplicable, saltando en el aire como una cometa en tarde ventosa. Chavela se preparó para recibir de antebrazos, pero un último sacudón inesperado de la pelota la obligó a recibirla no de frente sino con un movimiento lateral, en un recurso desesperado que solo sirvió para que el balón saliera hacia atrás y muy bajo como para que alguien de su equipo pudiera salvarlo. Punto para nosotros y de nuevo una celebración estruendosa del equipo, como si anticipáramos otra racha de Isabel al saque. Tras dos errores consecutivos, la rabia de Chavela escaló de nuevo y volvió a insultarnos. Intenté que el árbitro tomara cartas en el asunto, pero se hizo el indocumentado. Pensé que Chavela intervendría mientras yo increpaba al árbitro, obligándolo a que nos sacara una nueva tarjeta a ambos y nos expulsara del partido, pero Chavela tenía su mirada y sus intenciones fijas en quien la había humillado realmente y esa fue Isabel.

El siguiente saque de Isabel tuvo movimiento, pero no suficiente. Una de las secuaces lo recibió, la otra la montó para que Chavela saltara con el impulso y el timing perfectos, remató con la fuerza que solo la rabia sabe imprimir, el balón salió disparado veloz, el esfuerzo de Steve y mío por bloquear más que infructuoso fue ridículo y la pelota pasó sin enemigos y sin perder nada de su potencia directo hacia Isabel que había hecho lo que solía hacer tras su saque, dar tres o cuatro pasos hacia adelante para cubrirle las espaldas a los bloqueadores. Isabel no tuvo ningún chance, no vio por dónde venía el mate porque Steve y yo le quitamos visibilidad y la pelota no encontró ningún obstáculo hasta impactarse de lleno en su cara. Isabel cayó al piso y todos en la cancha nos preocupamos por ella; todos excepto Chavela, que celebró su remate con una alegría que creí posible solo en una psicópata. Ahí la mandé a callar. Así me arruiné la vida.

El resto es Google

Si gugleas mi nombre, el retrato que obtendrás de mí sigue siendo el mismo. El video en YouTube encabeza los resultados y condiciona el resto. A pocas personas les interesa que yo existiera antes de que el video fuese colgado. La grabación borró para siempre cualquier rastro previo de mi vida, incluso lo que sucedió pocos segundos antes de que comenzaran las imágenes; esos segundos tan importantes para entender por qué alguien sacó su teléfono y se puso a grabar lo que seguía sin saber qué estaba por venir. Y lo que vino fue lo único que a esas alturas podía hacerle yo a la, a partir de entonces, frágil e inocente Chavela. Puta, puta y requetecontraputa. El video no comenzó con el remate de Chavela ni con el pelotazo en la cara de Isabel; tampoco con mi reclamo y la mofa de Chavela no solo de mis palabras sino ante la boca hinchada y sangrante de Isabel; ni siquiera empezó con mi nueva reacción o con el momento en que Chavela me encaró acercándose a la malla diciéndome todos los insultos que se le ocurrieron buscando que yo estallara. El video—y mi vida—se inicia justo cuando me acerqué a la malla completamente fuera de mí ofreciéndole a Chavela unos buenos coñazos. En el video se observa su cara mientras yo ya estoy a la distancia justa para aplicarle el zidanazo que le fracturó la nariz y parte del pómulo. El video acompaña a Chavela en su caída al piso y termina en un zoom hacia su cara ensangrentada. Nadie grabó la sangre de Isabel ni las reacciones más bien frías de los compañeros de equipo de Chavela, tampoco el aplauso celebrando el carácter justiciero de la acción que dio algún presente tan anónimo como el cineasta accidental.

"Hombre le rompe de un cabezazo la nariz y el pómulo a una mujer" era un título demasiado atractivo como para que el video no se convirtiera de inmediato en un éxito viral. Millones de vistas en menos de una semana. Cientos de miles de comentarios. Todos querían saber el nombre del Zidane Misógino, aunque con la superestrella siempre hubo el deseo de saber qué le dijo Materazzi para producir semejante reacción. La mía, en cambio, era desde todo punto de vista una reacción injustificable y por eso no hizo falta saber qué la produjo. Desde el momento en que el video se subió a Internet, yo dejé de ser quien fui hasta ese entonces para convertirme en el golpeador de mujeres más desalmado de la historia.

No lo dije antes por orden de mi abogado, pero lo digo ahora: no soy un hombre violento, nunca lo fui, pero de lo único que me arrepiento es de la existencia de ese video. Con todo lo que he vivido y sufrido desde entonces, todavía estoy convencido de que Chavela se merecía completamente el zidanazo que le propiné.

La magnitud de la agresión hizo que varios de los presentes me rodearan, pero en ningún momento tuve intenciones de huir. A Chavela se la llevaron rápidamente a un hospital y la policía llegó casi de inmediato. Pasé la noche en prisión. No fue la peor experiencia de mi vida porque en la comisaría del Parque Industrial hay poco movimiento: estuve todo el tiempo solo en mi celda y no llegó ningún otro detenido. Al día siguiente, ya dada de alta, Chavela oficializó la denuncia por lesiones personales y el caso comenzó su tramitar por los tribunales civiles. Pero ya era demasiado tarde para mí. La demanda de Chavela fue el menor de mis problemas.

Apenas falté un día a la oficina y ya no tenía trabajo al cual volver. Los oficiales de seguridad del edificio estaban esperándome y al llegar a la puerta me dijeron que tenía que pasar primero por la oficina de recursos humanos. Ahí me informaron que mi contrato había sido dado por terminado y me leyeron la cláusula que permitía a la editorial dar por concluida la relación laboral en cualquier momento. La parte más jocosa fue cuando la directora de recursos humanos dijo que la decisión se debía a la mala publicidad que la editorial podría adquirir debido a mi acción en contra de una mujer, pero que la misma —la decisión, no la acción— no podía ser vista aisladamente sino enmarcada en el proceso de restructuración de personal y presupuesto que la compañía ya había iniciado. Yo era, como quien dice, el primer mohicano. Recuerdo haber pensado en aquel momento que una vez que terminara el proceso de Chavela yo iniciaría uno contra la editorial, pero mi abogado no le vio posibilidades, la cláusula convertía el documento prácticamente en un contrato de adhesión, "tu firma casi casi fue lo mismo que darle clic al botón de aceptar los términos de un servicio web".

Lo más humillante de caminar escoltado hacia mi cubículo fue que no hubo testigos. No podía creerlo y aunque hice la mayor cantidad de ruido mientras recogía mis cosas nadie salió de sus puestos de trabajo para enterarse de lo que sucedía, lo cual dejó muy en claro que todo el mundo sabía exactamente lo que estaba pasando y, en especial, lo que había pasado en la cancha del Centro Comunitario del Parque Industrial. Cargando la caja donde metí mis pertenencias, salí de la editorial y no volví más nunca a pisar ese edificio. Eso sí, frente a la oficina de Isabel disminuí el paso para observar si detrás de la puerta cerrada y del vidrio opaco podía adivinar algún movimiento o alguna sombra.

En casa mucho tiempo antes de lo previsto, prendí la computadora para ponerme al día tras más de 48 horas sin revisar correo o Facebook. Entonces vi por primera vez el huracán que se había desatado a mi alrededor. Supe que el video no solo estaba circulando por feeds y timelines conocidos y ajenos sino que además estaba siendo transmitido en noticieros televisivos donde se preguntaban por la identidad del loco misógino desalmado. Como un narciso caído en desgracia, refrescaba continuamente cada una de las páginas donde encontraba el video para leer los comentarios y las discusiones. Prendí la televisión para ver en vivo y directo cualquier retransmisión del video. En un par de canales de noticias estuvo al aire al mismo tiempo. Mi propia cadena, recuerdo que pensé. Inexplicablemente, todavía en ese momento no había perdido el sentido del humor, como si todo lo que me estaba sucediendo tuviera un lado gracioso que no podía negarle. Al final de la tarde, di con el primer sitio web dedicado a dar con mi paradero. Distraído como estuve en foros y sitios de actualidad, no había revisado de nuevo ni mi correo ni mi propia cuenta de Facebook. Eran muchos los mensajes preguntándome si era yo o diciendo directamente que nunca se habrían imaginado que yo era capaz de hacer algo así. Fue entonces que realmente me asusté y que el espectáculo comenzó a producirme repugnancia y desolación. Apagué televisión y computadora, pero no el celular, ése difícilmente sonaría porque mis contactos telefónicos prácticamente eran todos de la editorial y ellos ya se habían pronunciado de manera muy elocuente.

Pronto, mi nombre salió a la luz pública. Me enteré por las diferentes llamadas y mensajes de texto que comencé a recibir. Entonces sí apagué el celular y así cancelé todo contacto con el exterior. Pero nos hemos vuelto gatos y yo no podía dejar de pensar en lo que estaba sucediendo más allá de mi jaula. No sé cuántas horas pasaron. Lo cierto es que al poco tiempo de haber cerrado mis ventanas al mundo, la curiosidad me llevó de nuevo a Internet.

Con el conocimiento de mi identidad, mi vida antes del video reapareció, pero lo hizo como si todo hecho en mi pasado explicara o preparara el camino para la agresión contra Chavela. Al video se sumó una cadena de correos donde se iban acumulando testimonios sobre mi tendencia misógina. El que no tuviera esposa o novia; referencias a una conversación que no recuerdo, donde al parecer dije que la política de mi país había llegado a niveles tan tristes que las diputadas se llamaban feas y se mandaban a hacer "cariñitos"; la negativa a formar un equipo de fútbol de la compañía para no tener que jugar con mujeres; la propuesta de eliminar la regla del mínimo de mujeres en cancha; la forma en que llamé hombres a las mujeres que jugaban bien; todo iba apareciendo con unos detalles que me hicieron sentirme completamente solo en el mundo, mientras la lista de remitentes crecía sin control. Sobre los testimonios de todos esos San Pedros se edificó una iglesia cuyo único evangelio era odiarme. Volví a apagar la computadora y esta vez me mantuve fuera de línea el suficiente tiempo como para que me creciera la barba.

Pero no estaba preparado para algo así. Antes, cuando vivía en mi país solía estar listo para las emergencias: siempre había una despensa y un refrigerador con suficientes enseres para que soportáramos unos días, quizás semanas o meses, en caso de que algo sucediera, un algo tan indefinido como inevitable. Cuando llegué acá, una de las cosas que de inmediato me abandonó fue ese algo siempre al acecho. Ahora, mi ganada tranquilidad estaba jugando en mi contra. La nevera no resistiría ni dos días de encierro; la despensa menos que eso. No me arriesgaba a salir y con el paso de las horas era más y más obvio que no podía quedarme por mucho tiempo. Me asomaba por la ventana y si veía una persona en la acera daba por descontado que se trataba de un fotógrafo o periodista esperando su gran primicia. Si veía dos o más personas, sin duda eran parte de un grupo proderechos de la mujer listos para lincharme. Odiando la ironía del asunto, volví a la web en busca de los pertrechos para esta carrera de resistencia. Vía Internet compré alimentos y también mis todavía inseparables lentes de sol y gorras. Hasta algunas cuentas pagué. Sobreviví unas tres semanas, quizás poco más de un mes, lo suficiente como para que la agitación alrededor de mi nombre disminuyera un poco.

La primera vez que salí de casa, barbado, con lentes de sol y gorra, sentí que todas las miradas estaban sobre mí y que era cuestión de segundos para que me reconocieran. No sucedió, quizás porque mi disfraz era convincente, quizás porque así como la propagación del video fue vertiginosa también lo fue su olvido.

Con Chavela tuve suerte. Mejor dicho, ella no tuvo la suerte esperada. No solo el despido me volvió poco apetecible financieramente, sino que al parecer fueron muchos los testigos poco dóciles que su abogado encontró. Incluso, a la par del surgimiento de mi figura como némesis de las reivindicaciones sociales de la mujer actual, se inició una especie de movimiento para no convertir a Chavela en símbolo de esa mujer. Nadie quería defenderme pero tampoco nadie se identificaba con Chavela. El golpe de gracia lo recibió por una simple cuestión de probabilidades: donde hay un video difícilmente no haya otro. No tuvo la velocidad de difusión del primero, pero comenzaba con la suficiente anticipación como para que los desafíos e insultos salidos de la boca de Chavela se mostraran con toda la obscenidad de su propia descontextualización, porque en el nuevo video tampoco se entendía por qué esa mujer gritaba semejantes vulgaridades completamente fuera de sí. Mejor para mi causa, aquel segundo video derrumbó la imagen de mujer indefensa atacada vilmente que ella intentó construir y que la red había ayudado a diseminar. El ataque fue vil, no negaré lo obvio, pero con la nueva información fueron muchos los que intentaron ponerse en mis zapatos y eso ayudó a que el acuerdo fuera de corte al que llegamos Chavela y yo no me dejara en la total bancarrota que había anticipado.

Luego de más de dos meses viviendo como fugitivo en mi propia casa, poco a poco la normalidad regresaba a mi vida. Eso sí, a pesar de la vida de asceta, los gastos se acumulaban y no tenía ingresos, tan solo podía disponer de mis ahorros y la mayor parte de ellos estaban comprometidos al corto y mediano plazo en el pago del abogado y del acuerdo con Chavela. Hice un presupuesto y calculé que si todo seguía igual a esos primeros dos meses, en otros dos meses y medio tendría que declararme en bancarrota.

En situaciones como la mía, la pérdida de dignidad se vuelve una aliada. Después de todo, fui yo quien ante las cámaras envió a una mujer al hospital con fractura de nariz y pómulo de un zidanazo. Nada de lo que hiciera en adelante me llevaría más abajo. Por eso se me hizo hasta fácil suplicar la caridad ajena.

Luego de que se conociera el segundo video, varias amistades decidieron tenderme un puente de misericordia. En sus mensajes y llamadas decían que podían entender la presión que sentí y que sabían el duro trance por el que estaba pasando, a lo cual les respondía pidiéndoles no aliento sino alimento. Les explicaba que lo vivido no había sido nada comparado con lo que se me vendría encima. No tenía trabajo y mi condición de celebridad Google borraba cualquier posibilidad de que alguien me diera un trabajo tras enviarle el currículum. Pronto, conseguí el resultado deseado. Resultado que, bien visto, llegó desde el único lugar que podía venir.

Me enteré del propio teclado de Steve que él fue uno de los que cayó dentro de la reducción de personal de la editorial. Me contó que Isabel también fue despedida, y no pudimos dejar de reírnos de que mi cruzada por salvar el espíritu de la liga estaba condenada al fracaso por falta de quórum, no de los demás equipos sino del mío. Ya ni equipo de voleibol tiene la compañía, no hay suficientes jugadores, agregó Steve antes de decirme que ha ido varias veces a ver los partidos de la Liga, el nivel es altísimo, es todo un espectáculo, se justificó, pero en realidad lo que quería contarme era que la gente decía cosas terribles de la editorial, de cómo había desaparecido por completo de las actividades del Centro Comunitario. Incluso algunos se burlaban de Steve, diciéndole que como ya no trabajaba en la editorial ahora sí podía ser parte de su nuevo equipo, los Outsourcers. El detalle importante para mi futuro fue que al verse en mala situación, Steve movió sus propias redes, obtuvo varias propuestas y aceptó una. Cuando le pedí que me ayudara, preguntó si alguna de las otras ofertas seguía en pie y aquí estoy.

Lo que más me molesta es la piquiña que todavía me produce la barba, pero supongo que hasta a eso terminaré acostumbrándome. Todos los días, antes de salir, reviso en Google Trends, Google Alerts y en el propio buscador, cómo ha evolucionado el interés sobre mi persona. Si las búsquedas de mi nombre aumentan o hay nuevas menciones en blogs o en YouTube llamo al trabajo para reportarme enfermo. No quiero correr riesgos de ningún tipo.

Mi trabajo en la librería es sencillo: catalogo libros, hago inventarios y ayudo en la organización de eventos, a veces también tengo que atender clientes en caja o responderles preguntas sobre algún libro o autor que no consiguen. Esos días en que hablo con clientes vuelvo a revisar los Trends y las Alerts al llegar a casa, temiendo haber sido reconocido. Pero en términos generales no tengo nada de qué quejarme, todo lo contrario. Y ni falta que hace decirlo, extraño el equipo, jugar al salir del trabajo, hablar del partido en el trabajo. En más de una oportunidad he estado tentado a preguntar por algún tipo de actividad deportiva o social que las librerías independientes de la ciudad realicen, pero sería como tocarle las puertas al deja vu y no tengo fuerzas para ello.

La parte más dura de estos últimos meses fue sentirme tan solo. Pero hasta en eso Steve me ayudó, porque solo él pudo haberle dado mis señas a Isabel.

Cuando entró a la librería, yo estaba distraído devolviendo a su lugar los libros que la gente leyó para no comprar. Me saludó antes de que pudiera verla y yo casi no fui capaz de devolverle el saludo. Me costó reconocerla, se había teñido el pelo y unos lentes oscuros le cubrían media cara. También había ganado un poco de peso. Estaba hermosa.

"Quiero invitarte un café. ¿Puedes ahora o tienes que esperar a tu hora de salida?". Le dije que me faltaban veinte minutos para terminar la jornada porque comienzo a trabajar un par de horas antes de que la tienda abra. Isabel esperó viendo libros y hasta compró una novela de Murakami, no la más reciente.

No tuvimos que caminar mucho hasta sentarnos en un pequeño café diagonal con la librería. "Es un barrio muy agradable" dijo Isabel. "Sí, me gustaría vivir por aquí", le respondí. Sentados en la mesa y ya escudados detrás de nuestros cafés, conversamos sobre lo que estábamos haciendo en la actualidad. "Trabajo de copywriter para el departamento de comunicaciones de una cadena de supermercados. Básicamente revisando que los precios de las ofertas estén correctos y que las fotos se correspondan con los productos. La mejor parte es que editamos un boletín de responsabilidad social de la cadena y siempre me toca escribir uno o dos artículos".

Pronto, cierto silencio se instaló en la mesa. Sabíamos de qué se trataba pero era difícil romperlo. Sentí la obligación de tocar yo el tema.

—No supe nada más de ti después del juego aquel.

—Mi abogado me lo prohibió. Perdóname por nunca haberte dado las gracias.

—¿Gracias por qué?

—Por salir en mi defensa. Tengo meses pensando que te metiste en ese lío por culpa mía.

—Bueno, no le quitemos peso al papel de Chavela en todo esto.

Nos reímos y por primera vez sentimos que podíamos relajarnos. Pedimos el segundo café. La conversación se extendió por horas.

La Nacha

Siempre supe que era buena actriz, aunque Francisco no me creyó cuando hablamos después de la audición. De haberme creído, esta sería una historia completamente distinta. Alba asistió por mí, por mi insistencia, Francisco era un gran amigo, conocía sus métodos, le aseguré que no era relevante que no entendiera el papel en disputa, le dije que a esas alturas Francisco no esperaba tal cosa, que simplemente se preocupara por lo que era capaz de hacer, ya habría suficiente tiempo para que él mismo llenara las lagunas que tuviera. Por supuesto, me equivoqué.

I

Francisco Pastor era el director de teatro más admirado del país—no el más conocido, que eso pertenece a otra escala de valores. Su obra era permanentemente citada y alabada, mientras sus aportes a la estética actual de la escena del país y al desarrollo del teatro en estos comienzos del siglo XXI son del todo aceptados por los críticos y los interesados en las tablas. Por eso, cuando le pregunté a Alba si le gustaría ser probada para el papel principal de la nueva obra de Francisco, su respuesta fue un sí lleno de terror. Simplemente no se podía creer la propuesta; yo subestimé el tamaño de su estupefacción y creí que un par de palabras serían suficientes para que diera la talla frente a Francisco.

—Tú tienes el don y estás casi lista. Solo necesitas que alguien como Francisco termine de convertirte en la gran actriz que llevas dentro.

Alba me miró y casi llora, no sé si de emoción o de pánico; días después supe que fue por lo segundo.

Pocas veces me equivoco, por eso trabajo con Francisco y también para el cine, la televisión, la publicidad y la moda armando elencos y haciendo castings. Cuando veo a alguien actuar o posar, reconozco casi de inmediato su potencial, qué tipo de papeles puede dar y cómo se ve o se verá mejor. Mi criterio es respetado y a veces temido, porque nadie se atrevería a llevarme la contraria aunque esté obligado a darle un lugar a un aspirante que yo no avale. Por eso, mi orgullo se retorcía en su herida cuando Francisco me enrostró aquella acusación:

—Chico, si quieres meter en mi obra a tu amante, dímelo y yo veo qué hago, pero no me hagas perder el tiempo así.

Alba salió corriendo y no me dio tiempo de alcanzarla, y yo mismo estaba huyendo de Francisco, no quería enfrascarme en una discusión sin sentido, porque yo también había visto el desastre de Alba: paralizada, incapaz de repetir sus líneas con algún tipo de emoción, sobrepasada por la situación, no importaba si yo creía que a la larga terminaría siendo una gran actriz, sin duda tenía un problema de manejo de la presión que si bien no necesariamente la inhabilitaba para el papel, sí nos impedía darle cualquier oportunidad. No estaba lista, así de simple, y yo no había podido ver eso en mis clases ni en las pequeñas obras montadas en el Instituto de Teatro, porque ahí no había gran público frente al cual congelarse de miedo.

En estas cosas todo es personal. Por eso me dolió como una traición ver la ineptitud de Alba en la audición y respiré aliviado cuando no asistió a clases en los siguientes días. "Que ni vuelva", me decía, como si su ausencia sirviera para salvar mi responsabilidad en su fracaso. Pero yo mismo no estaba listo para enfrentar de nuevo a Francisco. Sus palabras resonaban en mi cabeza, como si su ojo hubiera desnudado segundas intenciones en mi recomendación, intenciones ocultas para mí; después de todo, eso es lo que los buenos dramaturgos y directores hacen: mostrar verdades que permanecían desconocidas para los espectadores.

Sin embargo, mi profesionalismo me impidió pasar mucho tiempo sin darle la cara a Francisco. Tras una semana y media de ostracismo, creí que mis culpas estarían bien expiadas. Llamé a Francisco y le propuse tres nuevos nombres para el papel, le dije que estaba completamente seguro de que su protagonista saldría de esa lista. Y así fue, pero de esa historia supe poco, obsesionado y ofendido a la vez por la otra que me perdí durante los días posteriores a la audición de Alba.

Esa misma noche me hicieron una visita como presentación oficial de la pareja. Hablamos de ellos, de cómo había sucedido, de teatro, del montaje de Francisco, de los planes de Alba, de mis planes, del futuro, en fin, una jornada tan común como cualquiera, en la que la única tensión la viví yo para mis adentros: a duras penas logré tragarme los comentarios que a todos nos despierta la relación entre un director consagrado y una actriz iniciando carrera.

II

Al parecer, esto fue lo que sucedió: Después de que yo saliera a buscar a Alba y que a medio camino desistiera de mi búsqueda, Francisco decidió salir a dar un paseo. Por suerte para ellos, Francisco dobló una esquina donde yo seguí recto y un par de cuadras después de ese desvío, vio a Alba en un café. Así habrá sido el aspecto de la pobre, que un inmisericorde despiadado como Francisco decidió acercarse a consolarla.

—¿No serás Andrómaca esperando por Agamenón?

Tras un sobresalto que la trajo de vuelta al mundo, Alba le dedicó una larga mirada de desprecio, cosa que no sorprendió a Francisco. Pudo mantener su crueldad en silencio mientras especulaba por qué ella estaría en semejante estado, no por la audición, que nadie puede sentirse mal por hacer pésimamente lo que no se tiene la más mínima idea de cómo hacer. Pero de inmediato vio en ella un dejo tan profundo de tristeza que tuvo que iniciar la cuesta abajo de su superioridad.

—Ya habrán otras oportunidades.

—Pero ¿quién olvidará ésta? Yo no.

—No te eches la culpa, échasela al papel.

Alba lo miró con intriga y suspicacia, estaban hablando de una obra escrita y dirigida por Francisco Pastor, superestrella dentro de la pequeña galaxia teatral, todos saben lo personal que es cuanto escribe y monta, a tal punto que sus pocos detractores le reprochan el convertir al ya de por sí elitesco arte teatral en un espectáculo críptico accesible solo para unos cuantos iniciados; pero eso lo dicen agarrándose el hígado de celos.

—Mira, no creas en método, en técnica, en arte ni en parte —ella rió con la risa de bar que utiliza mientras escucha a tipos que no saben hablar pero quieren entablar conversación. Lo que vino después la hizo olvidar la pequeña decepción—. Actuar es un milagro. Te entregan unas palabras para que repitas y de pronto tú eres esas palabras a tal punto que no hay manera de diferenciarte de ellas, y cuando dejas de repetirlas los demás sienten que quedaron en ti y esperan que sigas comportándote según esas palabras. Eso es inexplicable, eso es maravilloso, eso es un milagro puro y simple. Busca el papel que produzca el milagro y no le des importancia a los papeles en que no se obre, simplemente no eran tus papeles.

Alba es capaz de repetir esas palabras de memoria, sin que falte una coma, sin que omita algún balbuceo propio de las conversaciones, también es capaz de reproducir su perplejidad, su pequeño desajuste, llamémosla duda metódica para aumentar el vuelo de su, bien vista, tonta pregunta:

—¿Y qué pito toca el director?

Él se tomó un buen tiempo para contestar, ella sabía que estaba actuando, pero no pudo reprochárselo.

—El director está ahí para reconocer el milagro y para lograr que vuelva a producirse, al menos hasta que termine la temporada.

—¿Quién lo diría? —fue el único comentario de ella, Francisco rápidamente replicó:

—Ey, son muy pocos los que saben reconocer el milagro, y solo unos cuantos logramos que siga sucediendo.

Ella sonrió y a él le gustó su sonrisa.

—¿Quieres otro café, una cerveza o algo más fuerte?

Alba necesitaba algo más fuerte, antes de la invitación tuvo tiempo de repasar la teoría del milagro y si bien esta la libraba de responsabilidades también le quitaba toda seguridad de recompensa en su carrera de actriz. "¿Y acaso alguna vez hubo seguridad?" se preguntó cuando aceptó la cerveza.

Cerveza que fueron cervezas que fueron suficientes para hacer las veces de algo más fuerte. Se sintieron bien, quizás por el alcohol, quizás por la compañía, quizás por la combinación de ambos. Lo cierto es que aquí empiezan las incongruencias, ella dice que no hubo sexo esa noche, él dice que sí, a quién creerle, ella no quiere verse como mujer fácil, él quiere verse como conquistador irresistible.

III

Alba regresó a mis clases y yo recuperé buena parte de la estima que le tenía como actriz. Claro que su reacción frente al gran público estaba aún por verse, pero ya habría tiempo para ello. Mientras, la obra de Francisco estaba a punto de ser estrenada, en buena medida gracias a que María Luisa Álvarez, la actriz que al final se quedó con el papel, estaba haciendo un excelente trabajo. "Todavía tienes buen ojo", me decía Francisco cada vez que la oportunidad lo permitía para recordarme que él no iba a olvidar el incidente con Alba, aunque ello hubiera servido para otro fin.

Es que Francisco había emitido sentencia y no estaba dispuesto a cambiarla. A Alba la encasilló como mala actriz y su obra a partir de ese momento fue lograr que ella desistiera de la actuación—para no dañarla, decía, pero sobre todo para no dañarse él, que no podía sentirse cómodo como pareja de una actriz mediocre.

En más de una oportunidad, cuando Alba se deshacía en llanto porque no conseguía ningún papel importante, estuve a punto de confesarle que la mano de Francisco estaba detrás de todo eso. Pero solo llegaba a sugerir que su condición de mujer de Francisco la ponía en desventaja, porque era demasiada responsabilidad dirigirla. Le decía que hablara con Francisco, con la esperanza de que él se diera cuenta del sufrimiento que le estaba causando, pero ella había hablado varias veces con él del tema y Francisco siempre recordaba la primera vez.

Supe que ya había sido suficiente la vez que me contó que le había preguntado a Francisco por el milagro. "¿Por qué estás tan seguro de que no sucederá conmigo?". Luego de un largo silencio que no me atreví a romper, me dijo:

—Estoy a punto de renunciar.

—¿A él o a tu carrera?

—Tal vez a los dos. ¿Qué hago?

IV

Francisco siempre me subestimó un poco, después de todo mi trabajo con él solo llegaba hasta que el elenco estaba armado (Y no hay tantos actores en el país, muchas veces los elencos se arman con el único criterio de la disponibilidad). Pero todavía hoy, la televisión y sobre todo la publicidad son las actividades que en verdad me pagan las cuentas. Esperé un par de días para que Alba tuviera la cabeza un poco más fría y le pregunté si estaba dispuesta a hacer algo que no fuera teatro. "Cualquier cosa" fue su respuesta y ello me bastó para encontrarle espacio en dos comerciales y en una telenovela que estaba introduciendo nuevos personajes por haber llegado a su etapa cumbre. Entonces, cambió la historia de Francisco y Alba.

Cada cierto tiempo me reúno con Laura Ferrer, la directora de comerciales, y tarde o temprano volvemos a hablar de esa primera vez que vimos brillar a Alba. Fue en un comercial de toallas sanitarias donde Alba era una entre varias modelos, pero se robó completamente el show con esa risa sensual, erótica, de mujer segura de sí, una risa que se iniciaba en el vientre y subía con una fuerza vital única hasta que huía de su cuerpo en un batir de cabellera y contagiaba a todo el mundo. Nunca había visto a alguien que se llevara tan bien con la cámara como Alba. El contraste entre aquella vez frente al gran público y esta primera frente a la cámara era tan profundo que no permitía sacar ninguna conclusión salvo que hay actores que nacen para las tablas, hay otros que están hechos para las cámaras.

En la telenovela fue lo mismo. Bastaron cuatro escenas para que el personaje de Alba comenzara a recibir más tiempo al aire y terminó cobrando una inusitada y bastante mal justificada importancia en la trama, pero eso no importaba, lo importante era ver a Alba. Los comerciales llovieron y la siguiente telenovela fue de contrafigura, donde otra vez el espectáculo fue ella y nadie más. "La Nacha", que así llamaban a su personaje en la telenovela, pasó a ser parte del ideario popular y hoy todavía uno escucha a gente llamar a Alba "La Nacha" y decir frases como "No te las des de La Nacha", recordando esas características intrigantes que tenía el personaje. El éxito llegó a Alba con una fuerza que pudo haberla desubicado por completo, pero ella estaba demasiado preparada, había luchado tanto por obtener papeles importantes, había creído tan ciegamente que las negativas o silencios que recibía se debían a que le faltaba preparación, que ahora no había papel que no pudiera abordar de una manera única y genial y su aplomo y tranquilidad para enfrentar las nuevas presiones le estaban brindando un respeto y una admiración poco comunes dentro de un medio tan envidioso como el de la farándula.

Sin embargo, no pudo evitar que se alterara el equilibrio en su relación con Francisco. La diferencia entre una sala llena y un punto de rating es tan brutal que un día Alba se acostó siendo la mujer de Francisco Pastor y en la mañana ya Francisco resultó ser no poco más que el marido de Alba Oropeza. Incluso en los centros culturales y sociales donde el prestigio y fama de Francisco eran más sólidos, el nombre de Alba se emparejó de una manera que desconcertaba por completo a Francisco, porque el gran director del teatro nacional despreciaba tanto al mundo televisivo que probablemente ni supiera el nombre de las telenovelas donde Alba había actuado.

La pregunta cada vez más frecuente sobre cuándo la pareja uniría créditos en una superproducción dejaba por completo fuera de base a Francisco y si un desconocido le entregaba una cámara para que le tomara una foto junto a "La Nacha", él no sabía a dónde apuntar porque seguía sin tener ni idea de quién era "La Nacha" ni por qué alguien querría fotografiarse con Alba. Claro que lo sabía, pero su estupefacción se volvió un escudo, impostado pero escudo al fin.

Lo peor es que para Francisco, el que Alba se haya dedicado a la televisión confirmaba su sentencia inicial: Alba no podía actuar. Yo le decía que viera algún capítulo de Vientre de Odio, la telenovela donde Alba hizo de "La Nacha", para que se diera cuenta de que la Alba que se presentó aquella tarde frente a nosotros no era ni de lejos la que está en la pantalla. Pero en el fondo sabía que aunque Francisco viera a Alba actuando, no encontraría diferencia; para él, la telenovela era un género tan menor que simplemente estaba ciego a cualquier virtud que pudiera haber en ella, incluso a la buena actuación de su propia mujer.

La forma en que Francisco despreciaba e ignoraba los logros profesionales de Alba amenazaba con convertirse en una causa de conflicto entre ellos. Alba evitaba el tema, no hablaba de su agenda copada, tampoco de sus cheques, pero de vez en cuando Francisco le reclamaba las largas horas de grabación, los compromisos en cualquier momento de la semana y con particular molestia las interrupciones de los admiradores de "La Nacha". Aunque no fue por eso que empezaron los verdaderos problemas entre ellos.

V

Para ser sinceros, con los años le fui perdiendo respeto a Francisco. La manera como daba por descontado su prestigio lo llevó, sin darse cuenta, a destruir lo que había construido. Sus obras se volvieron más crípticas y autoreferentes, llenas de guiños solo comprensibles para su entorno más cercano, y a veces ni siquiera para ellos. Tarde o temprano, público primero, crítica después, le hicieron pagar por semejantes ejercicios de onanismo.

Sin duda, el marido de Alba Oropeza, "La Nacha", llevó gente a las salas que no estaban preparadas para celebrar al gran Francisco Pastor. Y el nuevo público produjo que aquellos que aplaudían a Francisco por costumbre, comodidad y ahorro de energías (desmitificar requiere esfuerzos que la escena teatral nacional no amerita), de pronto tuvieran la oportunidad o el reto de explicar su admiración por el director y dramaturgo—y encontraron que las razones se remitían a obras que ya tenían quince o veinte años de haber sido montadas.

Tres fracasos de público y crítica en fila, el último incluso denostado públicamente por María Luisa Álvarez, que se había convertido en la única actriz dispuesta a actuar para un cada vez más irascible Francisco, llevó al director a una crisis económica— saldada por la sólida situación financiera de Alba—y creativa de la que parecía incapaz de salir.

Deprimido y herido en su amor propio, Francisco parecía al borde de la depresión, si no estaba ya sumido en ella. Un fantasma, Francisco se volvió un espectro de lo que había sido. Al hablar con él era imposible reconocerlo: tan acostumbrado a interrumpir para poner la última palabra, a dictar cátedra, en esos días se limitaba a mirar al techo y asentir con unos gruñidos guturales, no tenía fuerza ni siquiera para articular un "sí" o un "no".

Alba y yo convenimos que lo mejor para Francisco era cambiar de aire, tomarse un año sabático a la inversa, porque sabíamos que si no trabajaba se hundiría más en el estado en que se encontraba, pero tal vez si trabajaba en algo distinto, aunque similar... Alba apenas tuvo que marcar un número y Francisco tuvo trabajo como director en el canal 2, donde la más mínima exigencia o petición de Alba se cumplía como si de una ley de la república se tratara.

Como era de esperarse, aquella solución no fue duradera. Francisco despreciaba en demasía el trabajo en televisión; verse de un día para otro siendo parte de aquello, fue para él una claudicación que no podía permitirse. Y no se la permitió por mucho tiempo: Apenas pasaron dos meses y Francisco simplemente no se presentó más. No tuvo que dar explicaciones, pedírselas habría sido correr el riesgo de importunar a Alba y nadie en el canal se sintió capaz de darse ese lujo. Las grabaciones de la telenovela se cancelaron un par de días (por suerte todavía estaba fuera del aire y por ello el contratiempo no se volvió una inmensa crisis), luego comenzaron a grabar con una directora invitada y tras unas dos semanas le dieron la telenovela a ella.

Alba se enteró al ver los créditos en una de las promociones. Ella sabía muy bien la estatura que había alcanzado en el canal, por lo que no era ahí donde tenía que exigir explicaciones. Francisco simplemente le dijo que aquello no había funcionado.

—¿Cómo que no funcionó? Ni siquiera trataste.

—Traté lo suficiente.

—¿Cuánto? ¿Tres, cuatro semanas?

—Cinco, y a decir verdad fueron las peores cinco semanas de mi vida. Si duré tanto fue para no dejarte mal en el canal.

—¿Y para dejarme bien fue que te desapareciste sin siquiera una renuncia? Ok—prosiguió Alba ante el silencio de Francisco—, yo solo quiero saber qué has estado haciendo todo este tiempo, porque si en efecto duraste cinco semanas, ya llevas mes y medio saliendo a trabajar sin llegar al trabajo.

Francisco se levantó y buscó unos papeles, era una nueva obra de teatro.

—He estado escribiendo—Alba no podía creerlo, pero intentó dejar la emoción para cuando terminara el regaño—. La telenovela era de época, bueno, eso tú lo sabes, pero independientemente del desastre que era la historia, me dio una idea que estoy desarrollando. Viste, después de todo la experiencia sirvió de algo.

—¿Puedo leer?

—Bueno, pero tenme consideración, es una primera versión y le falta su buena dosis de rescritura.

VI

Pocas veces Alba había leído algo tan terrible pero a la vez tan hermoso. Francisco le contó que la obra utilizaba una situación que Albert Camus reseñó en El Hombre Rebelde, en la que un oficial nazi obligó a una madre a escoger cuál de sus tres hijos sería el asesinado. Francisco trasladó la situación a la guerra federal: una banda saquea una hacienda y cuando todo está destruido, deciden martirizar a los únicos sobrevivientes, una madre y sus tres hijos. El jefe de los bandoleros obliga a la madre a escoger al hijo que asesinarán, so pena de que le maten a los tres. Entre el desespero y el desamparo, la madre se niega a decidir, pero cuando el jefe está a punto de ejecutar al primero, ella reacciona, pide que paren y con un dolor inconmensurable escoge al que debía ser sacrificado. Como si aquello no fuera suficiente sufrimiento para la mujer y sus hijos, el bandolero se erigió en un Rey Salomón de la irracionalidad y no mató al que ella escogió, que resultó ser el hijo del medio, sino al que ella salvó, el primogénito. La escena está llena de rabia, violencia y sobre todo impotencia, uno no puede sino sentir la más inmensa pena por la madre que vivió semejante suplicio y por el hijo que ahora tiene que vivir con la marca de haber sido escogido por su madre para morir. El hijo se marcha, y la madre queda en manos del hijo menor, que la lleva todos los amaneceres a la tumba del hijo muerto y no la recoge sino hasta el atardecer. Mientras el hijo menor intenta mantener a mediano flote la casa familiar, la madre conversa con el fantasma del hijo mayor que vaga por la destruida hacienda, hasta que regresa el hijo del medio, convertido en militar y funcionario del gobierno federal, que reclama las tierras que le pertenecen. Eso produce un nuevo enfrentamiento, ahora entre los dos hermanos, donde el menor dice que él no pagará por el mal que le hicieron al otro; un golpe de espada del militar basta para acabar con su hermano. La madre es expulsada de las tierras y el nuevo amo y señor intenta poner a producir lo que otrora fue una tierra fértil pero ahora es un peladero de chivo. Todos los intentos de rescatar la hacienda fracasan y el hermano sobreviviente está a punto de irse a la ruina, pero antes que ello suceda aprovecha un incidente menor sucedido en un pueblo cercano para alzarse en armas contra el gobierno nacional. Abandonada la tierra por el hijo, la madre puede regresar a las tumbas de sus otros dos hijos junto a las cuales llora sin parar, mientras en escena la tierra alrededor vuelve a ser fértil gracias extrañamente al abandono.

Emocionada por lo leído, Alba estuvo decidida no solo a ayudar a Francisco en lo necesario —léase dinero— para montar la obra sino a hacer ella misma el papel de la madre.

—Pero no das papel, tienes como veinte años menos—le dijo Francisco frente a la propuesta.

—Ya verás que lo daré.

Cualquiera le hubiera creído a Alba, excepto Francisco.

Alba siguió atenta al proceso de rescritura de la obra, donde la madre adquirió el peso vital sobre la trama del que quizás carecía en la primera versión. Y Alba amó ese personaje, lo sintió y lo hizo suyo y el milagro ocurrió como pocas veces ocurre. Alba me pidió que estuviera presente, pues su intención era convencer a Francisco de que ella era no solo la mejor para el papel sino la única que podía interpretarlo como era debido.

Cuando comenzó a decir sus líneas, no hizo falta acompañarla con el resto de los parlamentos: tal era su fuerza que convirtió la obra en un monólogo, sabíamos exactamente lo que estaba viviendo, lo que estaba sufriendo, el dolor que corría por las venas de esa madre, la furia que sentía para con sus verdugos aumentada por la total impotencia para enfrentarles, y luego, el horror, puro, simple, desnudo. No pude contener las lágrimas. Quería abalanzarme sobre ella y consolarla, esa mujer cuyo drama nos laceraba y hería en nuestra condición humana porque no habíamos hecho nada para evitarlo, esa mujer que no conocía porque no era Alba, era otra, Alba solo era un receptáculo necesario para que los sentimientos y valores más universales se comunicaran al espectador.

Agotada, Alba fue al baño para recuperar el aliento y cambiarse la ropa completamente empapada de sudor. Intenté compartir pareceres con Francisco pero el hombre estaba hermético, encerrado dentro de una coraza que no supe descifrar. ¿Qué estaba pasando con Francisco? ¿Estaba dispuesto a negarse a las evidencias solo por mantener aquella primera impresión olvidada por todos? ¿O simplemente eran los celos de al fin haber entendido que en efecto ya no era más que el marido de Alba Oropeza?

Alba interpretó su negativa como lo primero. Mientras tiraba la ropa de Francisco por la ventana, le reclamaba que a pesar de todo lo que ella había logrado, para él seguía siendo la aspirante cagada de miedo que no pudo decir sus líneas. Pero en el silencio con que Francisco asistió estoico a su ceremonia de despedida, yo intuía algo mucho más profundo.

Cuando Francisco salió del apartamento intenté quedarme un rato con Alba por si necesitaba apoyo, pero ella quería estar sola. Así que terminé ayudando a Francisco a recoger su ropa por las zonas comunes del edificio, bajo la mirada atenta de las cámaras de los vecinos — En efecto, soy yo el que sale junto a Francisco en los videos de YouTube. Ya en mi carro, él me pidió que lo dejara en casa de su mamá. Durante el camino intenté sacarle alguna explicación sobre lo que estaba pasando por su cabeza, pero lo único que me dijo fue:

— ¿Para qué? Si tú ya tampoco me respetas como creador. ¿Crees que no lo sé, que no me doy cuenta?

No tuve más nada que decir y la última vez que vi a Francisco fue cuando cruzó el umbral de la puerta de la casa de su madre.

VII

Por supuesto, la obra nunca se llevó a escena. Una vez conversé con María Luisa Álvarez sobre qué había sido de la vida de Francisco y me contó que no volvió a saber de él después de que ella rechazó actuar en una obra terrible que había escrito. "Una tiene que protegerse, un papel así habría arruinado mi carrera, habría espantado a todo mi público", recuerdo que me dijo cuando le pregunté si era la obra de la madre y los tres hijos.

Después de todo, quizás Francisco estaba salvando la carrera de Alba, o la salvó indirectamente. Lo cierto es que pocos días después de la ruptura, Alba me llamó por teléfono despidiéndose, acababa de aceptar una oferta para hacer una película independiente en los Estados Unidos, decisión que aplaudí y sigo aplaudiendo, porque con un poco de suerte en los festivales de cine y en la taquilla, sin duda Alba será la nueva Salma Hayek, estoy seguro.

Pero claro, estrella rutilante, Alba también salió de mi órbita y no he vuelto a saber de ella. Quizás porque la extraño, porque los extraño a ambos, es que estoy escribiendo esta historia, con la esperanza de que se enteren que es acerca de ellos, la lean, se acuerden de mí y me llamen. No creo que sea mucho pedir.

Vitalicio

La ciudad estaba más apestosa y miserable que de costumbre, luego de tres días sin servicio de aseo. El Alcalde Vitalicio seguía actuando como si no fuera con él y peor aún, se había mostrado retrechero y desafiante tras decir que él no veía conflicto sino desidia. Los trabajadores decidieron responderle. El plan fue puesto en marcha sin que nadie pudiera atestiguarlo porque la decisión se tomó fuera de la asamblea y fue pasando de boca en boca con mucho cuidado para que no llegara a oídos de algún posible soplón del Alcalde, que todos aseguraban que existían aunque nadie hubiera señalado alguno. En la madrugada del cuarto día de huelga, los camiones del aseo saldrían de sus garajes como si la municipalidad hubiera ganado la batalla. Pero Alcalde, funcionarios y sobre todo los ciudadanos se llevarían una gran sorpresa cuando los camiones llegaran no a recoger la basura sino a regarla, a esparcirla creando auténticas barricadas por toda la ciudad. Sí, el conflicto apenas empezaba.

Sin embargo, el Alcalde Vitalicio creyó que se salió con la suya y por eso nos pidió los videos de todos los noticieros donde se le veía dándoles el ultimátum a los trabajadores del aseo para que volvieran a sus labores. "Esta noche la Primera Dama va a estar contenta", dije en voz alta al terminar la recopilación de videos, pero nadie se rio, chiste repetido demasiadas veces. La parte que más excitaría al Alcalde, continué mi elaboración guardándomela para mí, seguramente sería en la que dijo "Si tengo que recoger la basura yo solo, pues mañana estaré bolsa y pala en mano por las calles, pero estos sindicaleros abusadores no se saldrán con la suya", tras lo cual se escuchaban aplausos que prácticamente ensordecieron cualquier otra intervención de los periodistas. Claro que los aplausos eran de su Círculo Íntimo especialmente movilizado para el encuentro con la prensa, pero eso no se notaba en las transmisiones debido a lo cerrado de la toma y lo bueno de tener un Círculo Íntimo es que es muy fácil olvidar que tienen sueldo y no solo devoción.

Imagino que el Alcalde tuvo un sueño muy plácido, menos mal, porque me consta que los teléfonos, inteligentes o no, y hasta el timbre comenzaron a sonar desde muy temprano, mucho antes de la hora en que solía despertarse—y el Alcalde Vitalicio era un tipo muy madrugador; como fiel creyente sabe que Dios lo ha ayudado muchísimo por ello.

Hermes, tras enviarle siete pinazos había decidido presentarse en la residencia del Alcalde para decirle que tenían una situación muy grave porque las calles de la ciudad estaban completamente tapiadas de basura.

—Pues no cederemos—respondió el Alcalde, todavía envuelto en una especie de duermevela y no muy consciente de lo que había dicho, por suerte en crisis era más bien un hombre de pocas palabras.

Cuando llegó a la Alcaldía, el Alcalde se encontró con que toda la Sala Situacional ya estaba reunida. Lo primero que hizo fue pedir un informe y Adriana dio los pormenores que eran más o menos una mezcla de lo que había escuchado por radio y visto con sus propios ojos en el trayecto de su casa a la sede del gobierno municipal. Que si los camiones salieron, que si no recogieron la basura, que si la botaron en la calle, que si la acumularon en las entradas y salidas de estacionamientos y en las esquinas de mayor tráfico, que si las cantidades de basura eran enormes porque llevaba tres días acumulada, que si la ciudad ya era un caos y la hora pico estaba apenas comenzando.

—Bueno Sala—exigió el Alcalde—ya conocemos la situación, ahora den ideas.

El primero en hablar, como siempre, fue Hermes, quien reconoció que el manejo del conflicto produjo un bajón de la aprobación del Alcalde en las encuestas flash. "Tenemos pies de plomo", cerró Hermes su intervención.

Walter, que además de miembro de la Sala tenía a su favor ser parte del Círculo Íntimo, siguió en el derecho de palabra y le dijo al Alcalde Vitalicio que subestimaron a los trabajadores del aseo y que quizás lo mejor sería bajarle la intensidad al conflicto.

—¿Cuánto nos costaría eso?—preguntó el Alcalde sin quitarle de encima la furiosa mirada a Walter.

Quien tenía que responder era por supuesto Harry, el jefe de finanzas del municipio, que desde que comenzaron las protestas de los recogedores de basura había sacado las cuentas de lo que exigían y llegó a la conclusión de que el municipio podía asumir sin problemas lo que demandaban, pues todos eran trabajadores muy poco capacitados y ganaban sueldo mínimo salvo los que tenían bonos de antigüedad; había suficiente dinero para aumentarles y mejorarles algún beneficio.

—Entonces, ¿por qué llegamos a este punto?— increpó el Alcalde sin obtener más respuesta que las miradas asustadas de la Sala—Por supuesto, las crisis nunca tienen culpables.

Pero sí había un culpable y todos los presentes en la reunión sabían quién era, el propio Alcalde Vitalicio y su estilo de considerar ataque personal cualquier protesta o petición que se realizara en el municipio y que contraviniera alguno de sus planes. En este caso, ni siquiera había plan, se trataba de trabajadores del aseo, mal pagados y sin formación, entrar en pie de lucha debido a sus peticiones y amenazarlos con el despido general si no desistían de sus demandas, era como no darle más nunca de comer a un niño porque pidió un chocolate antes del almuerzo, y así lo había interpretado la gente y sobre todo, según Hermes, los electores. Ninguno quería que el Alcalde llevara esta situación hasta el punto en que estaban, pero quién podía evitarlo, el Alcalde dijo su frase de combate favorita, "Que me quiten el nombre y deje de llamarme Vitalicio si no milito en la causa correcta" y entonces comenzó la huelga de recogedores de basura.

Ahora, la huelga debía terminar y el Alcalde Vitalicio tenía que dar vuelta atrás sin que aquello pareciera una derrota. En momentos así, Vitalicio siempre se cuestionaba el hecho de haber incursionado en la política. Entonces pasaba breve revista a su vida y se daba cuenta de que nunca había tenido otra vocación salvo la de ser obedecido. Desde pequeño, en el colegio fue de los que sometían a sus compañeros simplemente porque podían, pero también en el colegio aprendió a salirse con la suya a través de la palabra, argumentando y convenciendo a maestras y directoras de que su actuación se había debido a razones dignas y justas y que todo se había malinterpretado y por ello salido de control.

Fueron años de entrenamiento que en la universidad se reforzaron cuando se volvió preparador de laboratorio de química, materia sin reparación y cuya repetición quedaba supeditada a la disponibilidad de lugar en el siempre copado curso. Raspar laboratorio podía significar retrasarse uno o dos años en la carrera simplemente debido a la espera por volver a cursarlo. Vitalicio, amante y cultor del poder, vio de inmediato los placeres que podría traerle ser el preparador de laboratorio y apenas aprobó la materia con un desempeño sobresaliente optó por la preparaduría, que no abandonó hasta graduarse. En ella, pudo experimentar con el terror, exigiendo códigos de conducta absurdos y jugando con horarios y fechas de entrega que hacían las delicias de sus profesores jefes de cátedra. Frente a los profesores, sumiso como pocos, siempre tuvo garantizado el beneplácito y el apoyo cuando algún estudiante se quejaba en el departamento. En esos años también aprendió a administrar las recompensas, ganándose eternos agradecimientos de estudiantes que lo odiaron hasta el instante en que les permitió entregar fuera de lapso la práctica que marcaba la diferencia entre pasar o aplazar laboratorio.

Pero fue un hecho fortuito el que lo llevó a la política. Durante un conflicto en la universidad, Vitalicio se encontró en el centro de las protestas por simple egoísmo, él no quería que su acto de grado se viera suspendido o retrasado debido a la huelga de hambre que unos estudiantes habían iniciado en el rectorado. Las razones de los estudiantes poco le importaban a Vitalicio, lo importante para él era que la institución mantuviera su calendario de actividades. Todavía puede recitar de memoria lo que dijo a la televisión ese día: "Yo estoy con los estudiantes, los entiendo perfectamente, pero puedo seguirlos entendiendo si se ponen unos metros más allá, y si no se ponen ellos los pondremos nosotros porque nuestro acto de grado no se cancelará". El impacto fue impresionante, lo llamaron cientos de veces para felicitarlo y sobre todo para incitarlo. Amigos, conocidos y desconocidos le preguntaban si no había pensado en hacer carrera política y claro que comenzó a pensarlo, lo pensó más y más conforme pasaban los días y la gente seguía hablándole del incidente, de su actuación que no solo acabó con la huelga y permitió la realización del acto de grado, sino que también logró que las reivindicaciones reclamadas por los huelguistas fueran atendidas en el canal adecuado. Nunca supo Vitalicio qué sucedió con aquellos estudiantes, pero desde entonces quedó convencido de que no se podía ceder ante las huelgas, que la manera de enfrentar las protestas era la intransigencia, que solo después de derrotar el conflicto se podía volver a la mesa de negociaciones. Y ya en dos períodos como Alcalde había aplicado al pie de la letra esa estrategia, que más que una estrategia era una filosofía, con resultados siempre favorables para él, al parecer hasta ahora.

—Necesito un contrapunteo—concluyó el Alcalde tras su pequeño momento de debilidad, el que suele permitirse en privado para no correr ningún riesgo de sufrirlo en público—Tengo que llamar a mi Propia Loba—decidió y de inmediato llamó a Marianela, su Propia Loba, como le gusta llamarla, aunque ella deteste que le diga así. A Marianela el alias siempre le sonó como si fuera una especie de prostituta del Alcalde, aunque fuera un mote elogioso y admirativo pues se refiere al personaje de la película Pulp Fiction, el Wolf al que llaman cuando los matones se meten en problemas.

Aunque no le gustaba ser llamada la Propia Loba del Alcalde Vitalicio, hubo un tiempo en que Marianela se enorgullecía del sobrenombre, que por haber sido puesto por el Alcalde se convirtió casi casi en un título y de no ser por lo impropio que hubiera resultado para las comunicaciones oficiales, habría aparecido con ese cargo en el organigrama de la Alcaldía, tal como aparecen ahora el Círculo Íntimo y la Sala Situacional. Al respecto de la Sala, hay todo un mito urbano, pues el Alcalde Vitalicio asegura que él fue el primero que comenzó a utilizar el nombre de Sala Situacional y que la figura gustó entre otros colegas alcaldes y funcionarios y hoy por hoy su uso es generalizado, pero la verdad son pocos los que le creen al Alcalde, aunque nadie lo contradirá y más bien todos sus cercanos repetirán la versión incluso cuando él no esté presente, perpetuando el mito.

Marianela, en efecto, se ganó a pulso el título de ser la Propia Loba del Alcalde desde su puesto de la Sala de Monitoreo de Medios de la Alcaldía. Cada vez que había una declaración impropia, una decisión equivocada, una crisis inesperada, el tino de Marianela se hacía presente para encontrarle la solución. A veces el problema resultaba ridículo, como aquella vez cuando el Concejo Municipal en pleno estaba en pie de guerra porque un concejal le estaba ocultando información al resto. Marianela bajó a las oficinas y sin decirle nada a nadie salvo a la secretaria de la cámara, se llevó el fax de la oficina del concejal intrigante, que ni sabía que estaba ahí, y con ello los vientos de guerra en el legislativo municipal se disiparon. Otras veces, el asunto era más complicado e implicaba mucho masaje de ego entre líderes de muy distintos pesos y calibres. Pero eso había sucedido en otra época. La maternidad de Marianela se interpuso entre ella y el Alcalde, quien sin darse cuenta a veces, a veces muy a consciencia, la fue apartando de reuniones y de centros de poder. El Alcalde se arrepiente de ello, porque con lo que le sucedió a Marianela descubrió el que sería el último capítulo del libro que algún día escribirá sobre su teoría del poder. Al apartar a Marianela el Alcalde entendió que el poder se expande en capas concéntricas, como si el poderoso fuera un planeta y alrededor de él existiera toda una atmósfera de influencia. Cada capa tiene una cuota específica de poder que se mantiene constante sin importar el número de personas que habiten en ella. Mientras más son los cercanos al poderoso, menos el poder que cada uno tiene. Él tardó en ver eso porque el Círculo Íntimo ha sido tan constante que hasta adquirió carácter institucional. Tuvo Marianela que salir de ese Círculo para que él pudiera llegar a entender el mecanismo.

La salida de Marianela produjo una lucha entre los miembros del Círculo por ganar mayor influencia ante el Alcalde Vitalicio que a este le pareció completamente ridícula, porque su Propia Loba era simplemente irremplazable y de hecho él no hizo esfuerzo alguno por encontrar a alguien que ocupara el lugar de la hija pródiga.

Lo triste de la ruptura fue que ni Marianela se quería ir de la Alcaldía ni el Alcalde quería que ella se fuera, pero hacía falta un Propio Lobo que dijera cosas como "Alcalde, siéntese aquí, Marianela, siéntate acá", "Alcalde, dígale a Marianela que no estás contento porque sientes que ella está desatendiendo sus obligaciones, Marianela, dile al Alcalde que necesitas pasar más tiempo con tu hija", nadie hizo esa simple labor, muy pocos son capaces de hacer esa labor porque la mayoría suelen estar demasiado ocupados tratando de llenar cualquier vacío en la capa de poder que ocupan.

Las cosas llegaron al punto en que Marianela puso su renuncia y el Alcalde no la aceptó, porque a él no le renuncia nadie, sino que le dio una especie de cargo de asesora mediante el cual él la llamaría cuando la necesitara. Pero el daño estaba hecho, ella no quería que la llamaran y él nunca la llamó, hasta ese día.

—Mi Propia Loba, necesito que hablemos.

Marianela tardó en contestar; lo primero que hizo fue pedirle que no volviera a decirle su Propia Loba, que esa época había pasado hacía mucho. Pero Vitalicio no iba a cambiar un sobrenombre solo porque se lo pidieran.

—Está bien, Propia Madre Loba, mira, mando una moto a buscarte, te necesito aquí ya, de verdad.

El Alcalde sabe cómo obligar a la gente a hacer lo que él quiere y eso resulta tan sencillo como cortar la llamada antes de que la otra persona diga a quién le pertenece su boca. Marianela sabía que la moto llegaría a su casa en pocos minutos y que no tenía sentido no ir a la Alcaldía. Además, la política actúa como esos virus que quedan alojados en el cuerpo sin curarse nunca del todo; apenas el Alcalde Vitalicio colgó, Marianela comenzó a sentirse importante y eso es rico.

Sin embargo, en lo que puso un pie en la Alcaldía, Marianela supo que estaba en un lugar donde no quería estar. Todo había sucedido tan rápido que nunca se dio la oportunidad de reflexionar acerca del final. A los ojos de todos, la maternidad fue un factor tan determinante en lo sucedido que ni siquiera ella necesitó otra explicación. Sí, las cosas cambiaron por su hija, Lisbeth, a quien tenía que cuidar y atender sin contar mucho con abuelas o tías y sin contar para nada con un padre, que no existía. Marianela era una de esas mujeres profesionales que al sonar la alarma del reloj biológico se encontraron sin pareja, sin ganas de tenerla pero con un abanico de candidatos para concebir un hijo. Si Marianela se presentara frente al padre biológico de Lisbeth con prueba de ADN y todo, el hombre tendría objeciones más producto de la perplejidad que de cualquier otro sentimiento. Pero la maternidad fue para Marianela una de las consecuencias de su separación emocional de la política y no, como muchos creen, entre ellos Vitalicio, la causa.

Como casi todas las epifanías, la del hartazgo del mundo político de Marianela vino en el momento menos pensado. El Alcalde había pedido los videos de unas declaraciones dadas esa mañana y ella, como acostumbraba, esperó a que su equipo los tuviera listos para llevárselos ella misma en persona. Entre su oficina y la del Alcalde Vitalicio quedaba uno de los baños del piso, uno que no solía utilizar el Alcalde salvo en situaciones muy particulares. Por eso, cuando Marianela vio a Hermes y a Diony parados frente a la puerta del baño no se imaginó a qué podía deberse tan particular escogencia de lugar para conversar. Les preguntó qué hacían ahí parados como dos regañados y Hermes contestó que esperaban al Alcalde mientras Diony señalaba la puerta del baño. Con una mezcla de burla e ingenuidad que la hacían particularmente sagaz en esas situaciones, Marianela les dijo que ella estaba segura de que el Alcalde podía sacudírselo él solito. Por la mirada que le dieron, Marianela entendió que ambos estaban más que dispuestos a sacudirle el pipí al Alcalde si él se los pedía, quién sabe si incluso deseaban que se los pidiera. Entonces algo se rompió de inmediato en Marianela. Porque una cosa es saber que la política está llena de jalamecates y arrastrados, pero otra es sentirlo así como ella lo sintió, entendiendo que aquellos dos no estaban jalándole bola al Alcalde para conseguir favores, prebendas o influencia, sino como forma de vida, porque sin jalar simplemente sus existencias no tendrían sentido. Y de inmediato también entendió por qué ella era la Propia Loba. El Alcalde sabía perfectamente que ella estaba ahí no para jalar en busca de sentido sino porque ese era su trabajo y le gustaba hacerlo. No quiso verle la cara al Alcalde. Se devolvió a la oficina y le dio los videos al primer miembro de su equipo que se le cruzó en el camino y cuando le dijo que se los llevara al Alcalde vio la misma mirada de Hermes y Diony. Estaba rodeada.

Nadie lleva bien ciertas cuentas, y el mayor tiempo libre, tiempo personal, tiempo para ella, las salidas temprano de las reuniones, las inasistencias a reuniones y eventos en fines de semana, comenzaron antes de que Marianela saliera embarazada. Con todo y eso, el asunto se habría solucionado si alguien, cualquier persona, solo una, hubiera sentado a ambos a conversar para resolver sus diferencias.

Quizás el Alcalde Vitalicio no necesite, después de todo, un Propio Lobo. Al ver a Marianela la abrazó no como lobo sino como oso, haciéndola sentir que él era su casa y esa sensación por un instante le gustó a Marianela, pero pronto subió de nuevo la guardia.

—¿Cómo está Lisbeth?—preguntó el Alcalde mientras tomaban asiento. Como Marianela no quería dudar en beneficio del Alcalde, pensó para sus adentros que Vitalicio hizo bien la tarea y se aprendió el nombre de su hija antes de que ella llegara, olvidando, quizás a conciencia, la cantidad de veces que se sorprendió con la memoria del Alcalde. Es que él se tomaba como un error imperdonable olvidar una cara, nombre o situación. Quién sabe cuántos votos ganó y ganará simplemente por ver a alguien y decirle "Mirtica, la última vez que nos vimos tenías el cabello rubio" o "Jaime, ¿cuándo nos volvemos a tomar unas cervecitas en casa de tu primo?". No, el Alcalde Vitalicio no se daba el lujo de olvidar un nombre, mucho menos el de la hija de una de las figuras más importantes de su equipo, aunque en esos momentos Marianela estuviera, como quien dice, en la reserva.

—Cuéntame qué has hecho en estos meses— pidió el alcalde, con esa mirada que hacía sentir a su interlocutor que apenas al pronunciar palabra subiría a la categoría de Mesías. Pero otra vez Marianela estaba demasiado en guardia, no era con ojos vidriosos que volvería a caer en el encantamiento del Alcalde. Le dijo que la cosa no estaba fácil, que había matado un tigre aquí, otro allá, pero que nadie quería comprometerse mucho con una madre soltera para quien lo más importante era tener tiempo libre para estar con su hija.

—Y haces bien, haces bien, no hay que ceder en los principios, son los principios los que nos hacen indispensables. Pero, no quiero retenerte mucho acá— Marianela se rió de la burda estrategia retórica—, necesito alguien como tú, que no tenga miedo de llevarme la contraria y me permita darme cuenta de si estoy tomando la mejor decisión. Tengo que serte sincero, Marianela, el Círculo Íntimo se me aburguesó y la Sala Situacional, bueno, no sé en qué momento comenzaron a emitir dictámenes para luego salir a buscar las pruebas que los corroboraban y tú sabes que quien sueña con la realidad suele despertarse viendo espejismos. Perdóname la perorata, pero contigo puedo sacar cosas que tenía atragantadas desde... ¿Desde cuándo no nos veíamos?

Marianela sabía exactamente desde cuándo, desde el día que le entregó en propia mano su carta de renuncia, la cual no necesitó ser de carácter irrevocable, porque el Alcalde no tenía ninguna intención de no aceptarla aunque oficialmente no la haya aceptado. Ella prefirió decirle que desde hacía mucho más de lo debido.

—Exacto. Contigo aquí, las cosas con la huelga de recogedores de basura no habrían llegado a este punto. Viniendo en moto no solo pudiste ver sino también oler el estado de la situación. Y nadie allá adentro tiene idea de cómo empezar a solucionar este peo. Un vistazo, lo que necesito es un vistazo al más puro estilo de la Loba de los viejos tiempos.

Otra vez la piquiña, el gustico por sentirse importante que tantas veces la había llevado a tomar decisiones incorrectas, como cuando se regresó de Estados Unidos dejando atrás un buen novio y un trabajo bien remunerado en un pueblo tranquilo y con todas las comodidades, pero que implicaba nunca volver a pisar una sala de reuniones donde se estuviera hablando del destino de la nación o donde se decidiera quién tenía que lanzarse a una carrera electoral y quién no. Sentada ahí frente a frente con un potencial candidato a Presidente, sintiéndose indispensable para un presidenciable, sabía que lo mejor era levantarse e irse en la misma moto en que había venido o simplemente a pie, pero no, no podía, ya había sentido el pinchazo que le inoculó en su cuerpo esa sustancia irresistible que la llena de un placer enorme pero con la que corre el riesgo de volverse como aquellos que tanto detesta, ella lo sabe, ella quiere evitarlo a toda costa y sin embargo no puede decirle que no.

—OK, Sala, ¿cuál es la situación? —vociferó el Alcalde Vitalicio al abrir la puerta, seguro de que nadie abriría la boca porque todos los presentes estarían demasiado ocupados viendo a Marianela entrar detrás de él. Cuando Vitalicio y Marianela tomaron asiento, ya el resto había concluido qué cargo ocuparía la Propia Loba y por supuesto cada uno vio su cuota de poder reducida debido a ello.

Al rato, Marianela pudo escuchar la historia que ya sabía, cómo las negociaciones entre los trabajadores del aseo y la Alcaldía estaban en un punto muerto debido básicamente a una posición de enfrentamiento que ninguna de las partes tenía razones para mantener pero de la que no estaban dispuestos a salir. De inmediato, Marianela confirmó que se trataba de otro caso donde el estilo del Alcalde Vitalicio era el principal obstáculo. El problema no era que el Alcalde presumiera de no retroceder nunca, sino que su GPS solía llevarlo naturalmente hacia callejones sin salida. El trabajo por el cual Marianela resultó indispensable era simplemente mostrarle al Alcalde las bondades del retroceso, de dar la vuelta. Cuando alguien—Marianela—se tomaba el tiempo de enseñarle a Vitalicio cómo retroceder, el Alcalde no resultaba obcecado, no hacía el punto de honor que cualquiera se hubiera podido imaginar. Era como los pacientes que necesitan una segunda opinión para no operarse: no importa cuántas veces les digan que se tienen que operar, si un médico, solo uno, les dice que no hace falta la operación no se operan. Marianela era para el Alcalde esa segunda opinión. Él no salía de su posición hasta que su Propia Loba le dijera que tenía que salir. Ese era todo el secreto. Lo extraño era que Marianela ya iba para tres años fuera del equipo del Alcalde Vitalicio. ¿Por qué nadie había logrado ocupar su lugar?

Antes de entrar en la sala, Marianela ya sabía lo que le iba a decir al Alcalde que tenía que hacer. Lo importante era cómo presentarle a Vitalicio el asunto, de tal manera que él lo viera como un éxito político y no como devolución de chivo. Para ello, Marianela tenía que ser capaz de descifrar por qué ninguno de los ahí sentados era hoy por hoy una versión de la Propia Loba. Los miraba fijamente uno por uno, todos sentían la mirada de Marianela pero nadie la devolvía, si se encontraban ojo con ojo no le sostenían la vista, la presencia de la Propia Loba no podía significar nada bueno para ellos y temblaban pensando que esa forma de verlos era una especie de regocijo de Marianela ante lo que vendría. Porque si había vuelto era para pasar facturas, no podía haber otra razón.

Marianela hizo su evaluación. Ya el Alcalde le había dado la primera clasificación para entender lo que estaba sucediendo. Ella dividió a los presentes entre aburguesados y servidores, pero no quedó satisfecha, no fue mucho lo que obtuvo al poner a Hermes entre los servidores y a Harry entre los aburguesados. Entonces, sin saberlo, el Alcalde volvió a darle lo que necesitaba. Vitalicio le dio oficialmente la bienvenida al equipo, augurándole un largo y productivo regreso a la Alcaldía. Seguidamente, le pidió que diera sus primeras impresiones sobre el problema que estaban enfrentando.

—Gracias, Alcalde, por esta oportunidad, estoy todavía haciendo evaluaciones preliminares que no van más allá de ordenar y digerir toda la información que ustedes manejan, hasta hace media hora yo era una simple ciudadana que no tenía dónde tirar la basura.

Los presentes sonrieron ante el comentario, pero Marianela ya los había perdido, menos de un segundo después de su pequeña introducción ya todos estaban sumergidos en sus teléfonos inteligentes revisando mensajes, leyendo timelines y actualizando estatus. Marianela supo que podía hablar a sus anchas y sin miedo, el único peligro que corría en aquel lugar era decir algo con la suficiente perspicacia para caber en 140 caracteres. Habló y habló a ver si alguien la interrumpía o callaba, pero nada, mientras más tiempo Marianela divagaba más oportunidad tenían los otros para lucir atareadísimos con sus aparatos. Así, rápidamente Marianela creó una nueva clasificación: bulliciosos y silenciosos y todos cayeron en la primera categoría. Siendo el Alcalde el más bullero de todos, Marianela entendió por completo el porqué de la ausencia de una nueva Propia Loba. Alguien tenía que ofrecerle su silencio al Alcalde para que él mismo pudiera, llegado el momento adecuado, callar.

La estrategia de Marianela sería sencilla: guardar silencio. Claro que tratándose del Alcalde Vitalicio, ese guardar silencio tenía que ser precedido por algún tipo de declaración. El problema era cómo juntar ambas cosas, o cómo proceder para que una declaración del Alcalde no fuera seguida de innumerables tuits y comentarios, iniciados por él mismo y sus seguidores, pero también por sus aliados y enemigos por igual.

Terminada la reunión, Marianela sabía dónde ir. Quería ver quiénes quedaban de su equipo. Más bien, qué quedaba de la antigua personalidad de los tres miembros de su equipo que todavía estaban ahí en sus puestos, Yanise, Juan y yo, el Ojo de Saigón nos llama Vitalicio, por supuesto refiriéndose a Saurón pero nadie se atrevió a corregirle el gazapo. El Ojo de Saigón se había ganado fama de ser el mejor servicio de monitoreo de medios del país, porque los informes que producían eran repartidos no solo en la Alcaldía sino entre innumerables instituciones, partidos y personalidades. El Ojo de Saigón trabajaba a tal punto de manera coordinada que no necesitaban jefe y por muchos momentos la Oficina de Monitoreo ha sido simplemente nosotros tres.

Yanise es discreta como una cámara de seguridad. Pareciera que no oye ni ve nada, pero no se le escapa ni un solo comentario; no tiene opinión sobre nada de lo que la rodea, pero apenas se le pide un informe, un análisis, un video, lo tiene disponible en minutos. A Juan, en cambio, todo le afecta, todo lo que registra se convierte en una afrenta personal. Escucharlo maldecir e insultar de las formas más creativas y ofensivas posibles es un espectáculo que cada uno de los gerentes de la Alcaldía, e incluso los miembros de la Sala Situacional, del Círculo Íntimo y el propio Alcalde han ido a ver en alguna oportunidad. Pero Juan no solo insulta, es como si estuviera llevando la lista de deméritos para el Juicio Final. Cada insulto es una especie de registro, de anotación de la cual el receptor deberá rendir cuentas en algún momento, aunque sea en el día del final de los tiempos. Yo soy en cierto sentido parecido a Juan, pero para mí la realidad es una comedia de equívocos y la disfruto como tal. Mis risas mientras monitoreo son tan famosas como los insultos de Juan y a veces llegan a ofender más que estos, después de todo, no hay peor miedo en la política que ser tomado como bufón y para mí la actualidad toda es bufa y cada uno de los que escuchan mi risa se siente personaje de "la ópera de Francisco" como a Marianela le gustaba decir.

Marianela quería primero corroborar si el Ojo de Saigón seguía siendo el mismo y luego si Yanise todavía era la encargada del primer turno. Cuando Marianela estaba a cargo, Yanise llegaba a la oficina a eso de las 5 de la mañana y enviaba su primer reporte de medios a las 5:45; buena parte del país político utilizaba ese reporte como reloj despertador. Y en efecto, Yanise seguía siendo la conciencia madrugadora de la Alcaldía. A esas horas, Yanise tenía rato de haber marcado la tarjeta de salida, por lo que Marianela tuvo que pedir su número de teléfono y llamarla. "Es Marianela, por favor llámame al 630-854-0000" fue el escueto mensaje que le dejó.

Luego, Marianela entró en el área de monitoreo, donde las televisiones, computadoras y videocaseteras intentan registrar cada minuto de la realidad, con resultados más o menos satisfactorios: siempre algo se escapa, qué duda cabe, pero eso solo importa si alguien lo pide; el buen monitor de medios no pretende recoger toda la información sobre el tema que sigue, sino la información sobre la que habrá de rendir cuentas. Por eso, Marianela le preguntó a Juan por las más recientes menciones del Alcalde Vitalicio que había hecho la concejala Mayela. "La recontraputa acéfala seguro colecciona estampitas de Ratzinger pa' poder oler la pega rancia" soltó Juan mientras buscaba en los archivos las grabaciones y artículos de la principal opositora a la gestión del Alcalde. Mientras, Marianela buscaba lo que realmente quería y no lo encontró, justo como esperaba.

El siguiente paso no podía darlo en su antigua oficina, ni siquiera en la Alcaldía. Salió del palacio municipal, que no era otra cosa que los pisos cuatro y cinco de un edificio de oficinas, justo encima del piso tres que ocupaba el Concejo Municipal, y caminó a su lugar predilecto, donde solía ir a almorzar cuando quería estar un rato a solas o necesitaba concentrarse de verdad. A esas horas del día, el centro cultural del municipio acostumbraba estar completamente vacío, a lo sumo un vigilante y algún personal administrativo atentos a la llegada de cualquier transeúnte semiperdido que entrara en la sala de exposiciones donde se exhibían obras de interés municipal. Marianela no entró en la galería, siguió de largo hacia el pequeño anfiteatro donde se presentaban artistas con audiencia lo suficientemente escasa para no colapsar el mínimo espacio disponible. Ahí, a resguardo de curiosos hizo su siguiente llamada.

Marianela estaba segura de que Asdrúbal no le negaría un favor. Asdrúbal tenía un pequeño canal de televisión, muy local y con casi nula sintonía, ideal para aumentarle el serrucho a los gerentes y funcionarios de la Alcaldía ávidos de mayor presencia mediática. La Sala de Monitoreo de la Alcaldía presentaba sus informes de cobertura a través de gráficos donde el eje vertical mostraba centimetraje y tiempo al aire, mientras el eje horizontal contenía al funcionario y los distintos medios donde había tenido presencia. Marianela organizaba los datos de tal manera que la gráfica formara una especie de serrucho o de sierra, tal como se muestra en la siguiente imagen:

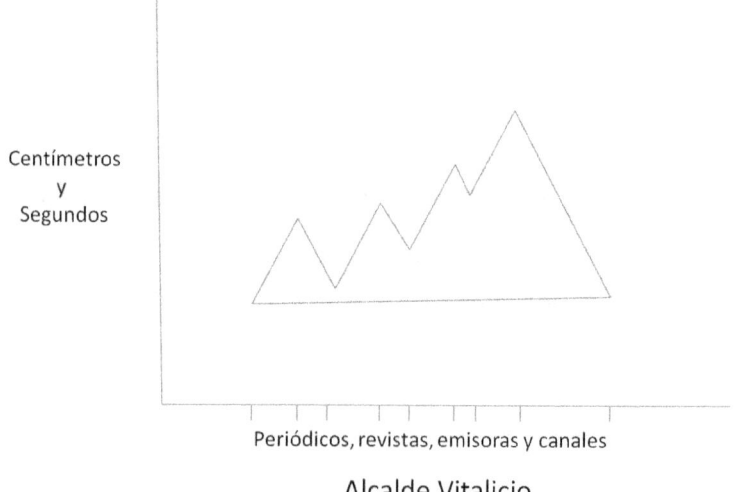

Centímetros y Segundos

Periódicos, revistas, emisoras y canales

Alcalde Vitalicio

70

El serrucho había calado de tal manera en el ideario de la Alcaldía, que cada cierto tiempo el Alcalde Vitalicio, algún director, miembros del Círculo Íntimo y hasta concejales se acercaban a Marianela pidiéndole que los ayudara a aumentarles el serrucho. Ahí entraba Asdrúbal y muchos otros dueños de revistas, radioemisoras y canales pequeños, dispuestos a darle cobertura a cuanto personaje sonara medianamente importante. Como el serrucho evaluaba número de medios y tamaño de la cobertura pero no calidad o impacto de la misma, esas pulperías mediáticas cobraban una importancia que solo se correspondía con el ego que ayudaban a masajear en las gráficas de la Sala de Monitoreo.

Por supuesto, Asdrúbal aceptó que el Alcalde estuviera esa misma noche al aire en el programa de entrevistas que el canal transmitía a la medianoche, con todo y que las condiciones impuestas por Marianela parecían un tanto extrañas: cero promoción y la sala de video tape completamente vacía durante la grabación. Ahora solo faltaba que Vitalicio aceptara asistir en esas condiciones, aunque eso tendría que esperar, porque Marianela tenía primero cosas más importantes que atender; siempre y cuando Vitalicio la dejara.

Al salir del Centro Cultural lo primero que vio Marianela fue el carro del Alcalde. Tras bajar el vidrio, el Alcalde le dijo a Marianela que se montara, que él la llevaba a buscar a Lisbeth. Marianela se molestó no tanto porque la estaban esperando como por la oferta. En efecto tenía que ir a buscar a Lisbeth a la guardería donde la llevaba dos días por semana para que se fuera preparando para el próximo año, cuando ya podría entrar en un preescolar a tiempo completo. Seguramente Marianela hizo algún pequeño comentario de ello y Vitalicio tomó ventaja. Esos juegos no funcionaban con ella, pero eso no impedía que el Alcalde los hiciera si tenía la oportunidad y Marianela se la había puesto en bandeja, aunque ni siquiera recordara el momento.

Apenas ella cerró la puerta del carro, el Alcalde le preguntó cómo veía la situación. Estaba realmente preocupado. Marianela no recordaba haberlo sentido así en ninguna de las crisis que habían tenido mientras ella trabajaba como su Propia Loba. Ni siquiera lo sintió de ese modo aquella vez en que fue obligado a esconderse en la oficina del rector de la universidad. El Alcalde había decidido regresar triunfalmente a la universidad, donde nunca había vuelto a poner un pie desde la jornada estelar del día de su graduación. El problema fue que la universidad no olvida, al menos no en esos temas. Vitalicio no supo cuán mal había caído su acción en los círculos políticos estudiantiles, porque él nunca tuvo relación con esos círculos. Para ellos, lo hecho por Vitalicio resultó un problema mayúsculo pues dejó en evidencia la inefectividad de sus métodos de lucha y protesta. Buena parte del movimiento estudiantil consideraba una afrenta histórica lo hecho por Vitalicio y al fin el propio Alcalde les sirvió el frío plato al anunciar que asistiría a un foro sobre gestión municipal que se llevaría a cabo en la universidad. Como un Nixon en Caracas, primero recibió escupitajos, luego empujones, después solo la acción de sus guardaespaldas pudo abrirle paso hasta un lugar supuestamente seguro, la mismísima oficina del rector, pero el rector, un auténtico Pilatos, no hizo nada por calmar a los estudiantes, que llegaron furiosos y violentos hasta la antesala del despacho y Vitalicio lo único que tuvo a bien hacer fue llamar a su Propia Loba. "¿Qué quieres que te diga? Llama a la televisión, a la radio, haz bulla, no es mucho lo que yo puedo hacer desde la oficina". Y Vitalicio llamó a la televisión, a la radio, a varios periódicos, responsabilizó en vivo y directo a los estudiantes y al rector Poncio Hernández de lo que pudiera pasarle, dijo que estaba en marcha un magnicidio y él no apagaría su teléfono para que todo el país fuera testigo. La llamada cambió los términos de la situación y entre el rector y los estudiantes negociaron que el Alcalde se fuera de la universidad sin participar en el evento. Así fue. Otra estrella para la solapa de la Propia Loba.

Los recuerdos volvieron a subírsele a la cabeza a Marianela. "No te dejes", pensó, mientras la sustancia le subía por las venas hasta golpearle el cerebro con esa maldita divina sensación: Marianela estaba segura de que si su plan funcionaba volvería a tener al Alcalde Vitalicio donde siempre lo tuvo hasta que dejó de ser importante para ella, aunque él siga creyendo que entre los dos hubo una ruptura inevitable por las decisiones que él tomó. Pero no le fue difícil volver al aquí y ahora, apenas necesitó que el Alcalde la presionara, que le dijera que necesitaba una solución para ayer, que todo esto era demasiado urgente como para que ella estuviera dándose aires de interesante. Entonces, Marianela, completamente vacunada, le dijo que tenía un plan y le contó al Alcalde cuál era su papel en la operación que, si funcionaba, le permitiría desdecirse manteniendo incólume su récord de nunca haberse desdicho.

Calculo que pocas horas después de esa conversación recibí la llamada de Marianela. Yanise por fin le había contestado y le dijo que ella no iba a trabajar al día siguiente y que yo le iba a hacer la segunda, hoy por ti mañana también, a mí no me gusta cobrar esos favores ni tampoco quedárselos debiendo a nadie. Contra su voluntad, Marianela tuvo que decirme que en la mañana muy probablemente el Ojo de Saigón recibiría mil y una llamadas y mensajes solicitando cierta información, pero que la misma no iba a estar disponible. La orden del Alcalde, así lo dijo porque por supuesto Marianela ya no era mi jefa, era que no se le diera ni siquiera acuse de recibo a nadie. En la práctica, el Ojo de Saigón estaría cerrado por primera vez, al menos desde que yo entré en la Alcaldía. Eso fue suficiente para picarme toda la curiosidad. Y Marianela lo sabía.

El intercomunicador sorprendió a Carmela tanto como a mí, pero ella continuó sorprendida cuando escuchamos a Marianela del otro lado.

—Está de vuelta en la Alcaldía—le dije a Carmela y en su cara se dibujó el disgusto. Las llamadas y tocadas de intercomunicador a deshoras eran muy frecuentes cuando trabajaba para Marianela. Claro que también yo era mucho más importante en aquel entonces, la importancia que me daba ser una especie de mano derecha de la Propia Loba. Con la salida de Marianela yo continué en el puesto, porque soy funcionario de carrera, pero sin nada del aura que tenía. Aunque el Ojo de Saigón siguió funcionando igual que antes, con la partida de Marianela perdió toda presencia en el juego de poder de la Alcaldía. Descubrí entonces lo maravilloso que es el bajo perfil, la tranquilidad de que tu trabajo sea simplemente tu trabajo y no la razón por la que tú y otros están presentes en el mundo. Sí, Carmela tenía razones para disgustarse, ella no quería que volvieran esos tiempos, ni yo tampoco.

Bajé a la planta baja del edificio, no porque no pudiera abrirle a Marianela desde arriba, sino porque ella nunca quería subir; en su cabeza, quedarse en la planta baja mantenía la visita como laboral, aunque muchas veces varias horas de conversa acompañaban la entrega de un simple papel.

—¡Tanto tiempo, jefa!

—¡No! Ni lo invoques. Esto no estaba en los planes.

Entonces me contó todo lo que yo narré hasta aquí.

Sí, podría llamarlo vocación, oficio o maña, también simplemente costumbre. Lo cierto es que en la casa tengo todo listo para registrar un sonido de la radio, un segundo televisivo, una mención en redes sociales, un artículo impreso o en web, a sabiendas de que el justo detalle que yo captara podía ser lo que se le escapó al monitor de turno. Incontables veces salvé el pellejo de mis compañeros y el prestigio de la Oficina de Monitoreo al proveer el sonido que el Alcalde solicitaba con la urgencia de quien intenta evitar un Armagedón. Que Marianela me pidiera no hacer nada cuando el Alcalde sin previo aviso apareciera esa noche en televisión, era mucho más de lo que mi reflejo condicionado podía resistir, sobre todo porque la aparición del Alcalde fue tarde, tardísimo y, como ella esperaba, sin preámbulos de ningún tipo. Tal vez si el entrevistador hubiera dicho "en nuestro próximo segmento, el Alcalde Vitalicio" o algo así, yo me habría preparado, pero estando semidormido fue fácil que se impusiera el reflejo: apenas entreví al Alcalde en la pantalla, mi dedo pulsó el botón de grabar.

Muy temprano en pie, aunque bastante trasnochado, registré las primeras noticias que llegaron a la Oficina de Monitoreo sobre el levantamiento de la huelga de los trabajadores del aseo urbano. El informe que redacté citaba textualmente al presidente del Sindicato, Salvador González, que le agradecía al Alcalde Vitalicio sus amables palabras la noche anterior, y que ellas fueron clave para volver a la mesa de negociación y llegar a un acuerdo. Claro que no hubo mesa sino llamada entre Vitalicio y Salvador, donde regatearon a lo sumo un par de términos y todo estuvo listo para el anuncio mañanero.

Apenas el informe partió en sus versiones impresas y digitales, comenzaron a llegar los mensajes. "Pero ¿qué dijo el Alcalde?", "¡Faltan las declaraciones de Vitalicio!", "Actualicen con más información, por favor". El Ojo de Saigón, como cualquier ente conformado únicamente por un ojo, se mantuvo completamente mudo.

La Propia Loba cometió muchos errores, qué duda cabe, pero la eficiencia en política es un verbo que se conjuga solo en pasado. Si nadie se acuerda de los errores, o si estos siempre se recuerdan contrastándolos con los aciertos, entonces fuiste eficiente. El tiempo dirá si fue un error grave la forma en que Marianela subestimó en su plan la fuerza de la adulación, una fuerza que de hecho, al verla en acción aquella vez en la puerta del baño de la Alcaldía, la sacó a ella de la política.

Nadie había visto la entrevista del Alcalde, nadie sabía qué dijo el Alcalde esa noche, pero nadie se atrevió a negarlo en público, ni siquiera frente al Alcalde, que sabía exactamente no solo lo que había dicho sino que lo dijo en un lugar escogido para que precisamente nadie lo viera ni escuchara. Peor aún, todos estaban listos para alabar al Alcalde Vitalicio por lo acertado y preciso de sus palabras. Mi intervención favorita fue la de Diony: "Ahora sí, Alcalde, le llegó la hora de cambiarse el nombre, porque solo llamándolo Alcalde Estadista le haríamos suficiente honor a lo que usted logró anoche"; "Alcalde Elefante lo tendrían que llamar después de semejante goteo de ano de estos arrastrados rijosos inmorales" escuché los gritos de Juan imponiéndose sobre mis carcajadas.

Pero aquello solo había empezado. Cinco días después del fin de la huelga de trabajadores del aseo, todavía no se hablaba de otra cosa que no fuera la magistral intervención de Vitalicio para poner fin al conflicto. Como nadie había escuchado al Alcalde y no había ningún documento que diera cuenta de sus palabras, las mismas estaban creciendo en grandilocuencia e importancia; por toda la Alcaldía se citaban líneas del Alcalde, los elogios crecían a la par de las apócrifas palabras de sabiduría, incluso ya comenzaban a proponer murales con la imagen del Alcalde y uno o dos párrafos del célebre discurso. La adulancia estaba completamente fuera de control y el Alcalde, más temprano que tarde, cedió ante ella.

Marianela me llamó desesperada, el Alcalde había pasado todo el día presionándola para que le diera el video de la entrevista. "El video no existe, ese era el plan, se lo he dicho de todas las maneras posibles" y luego, con cierta vergüenza en su voz me preguntó si yo por alguna casualidad lo había grabado. Dudé. Fue una duda legítima. No recordaba si yo había grabado o no el video. Se lo dije, me había quedado toda la noche viendo la televisión pero en ese momento, quizás por la presión de Marianela, no podía recordar si le había dado play o no a mi grabador. "Con eso me basta" dijo Marianela antes de colgar.

Pronto supe por qué le bastaba. Me mandaron a llamar de la oficina del Alcalde. No es que no hubiera estado allí antes, de vez en cuando el Alcalde nos llamaba para que ahondáramos en algún punto o información contenida en los informes, a veces incluso nos hacía una petición específica, que pusiéramos especial atención o particular énfasis en un tema, evento o figura. Pero en esta oportunidad anticipaba que mi visita al despacho no sería placentera.

—Estimado Francisco, el cerebro del Ojo de Saigón. Gusto en tenerte por aquí.

—El gusto es mío, Alcalde. Usted dirá.

—Te mandé llamar porque como sabes, tu antigua jefa, Marianela, por suerte para todos nosotros, recientemente me ayudó en un asunto muy delicado, con su habitual eficiencia y discreción, pero dejó algo pendiente que necesito y quizás, según ella dijo, tú pudieras ayudarnos.

—Espero que así sea, Alcalde.

—El video, necesitamos el video, ¿tú lo tienes?

Nunca había visto al Alcalde así. Por un instante pensé que se arrodillaría y que con lágrimas en los ojos volvería a preguntarme por el video. Pero el Alcalde no iba a permitirse un segundo momento de debilidad y retomó el tono inicial de la conversación.

—Ay, Francisco, tienes mucho tiempo siendo los ojos de esta Alcaldía. Tú mejor que nadie sabes que no podemos permitirnos un hoyo negro, la oscuridad nos hace tomar muy malas decisiones.

—No tiene que convencerme de la importancia de mi trabajo, pero entienda que la discreción que le alaba a Marianela es la misma que ella me pidió para hacer este trabajo. No sé, sinceramente, si pueda encontrar el video, es más, creo que no existe video.

El Alcalde se quedó en silencio y otra vez no pudo controlarse, aunque esta vez su furia apenas se hizo perceptible por el temblor de sus labios. Los fruncía pero seguían temblando. Los frunció más y temblaron más. Parecía como si estuviera intentando no vomitar o algo así, un vómito de palabras tal vez, de insultos. Casi de inmediato cesó el reflejo.

—Sinceramente, yo espero que sí exista, o tendremos consecuencias.

Consecuencias para él, no para mí que en este país botar a un funcionario de carrera es más difícil que guardar un secreto y por eso la Propia Loba era tan admirada, porque siempre lograba guardar o, como en este caso, construir secretos.

Con un gesto el Alcalde dio por concluida nuestra conversación y yo decidí que no tenía nada más que hacer por el día.

Llegué a casa y lo primero que hice fue revisar qué tenía en la grabadora. En efecto, había grabado la entrevista de principio a fin. Pero ni risa me dio el video. Una declaración más en un mundo de bulla y olvido. Vitalicio dijo que la Alcaldía y los trabajadores del aseo siempre han sido uno solo y que ya se habían atajado los sabotajes que llevaron a la huelga, por lo que la misma se levantaría a primera hora del día siguiente. ¿Necesita el Alcalde ver el video para evaluar los resultados? Paja, pura paja. Siempre he tenido la teoría de que los informes que realizamos desde el Ojo de Saigón son para consumo onanista. El Alcalde, los concejales, los directores, leen y se excitan, ponen los videos como si fuera películas porno, solo así se explica tanto empeño por registrar la vox populi, qué otra cosa sino eso es la pornografía: hacer explícito lo ya público.

Mi primer impulso fue simplemente entregarle el video al Alcalde a primera hora del día siguiente, pero de pronto me invadió una extraña ansiedad. ¿Y si el Alcalde quería que nadie viera el video para poder

mantener el mito de su gran discurso? Por más lleno de
sí que estuviera el Alcalde, tenía que saber que nada de
lo que dijo en esa declaración tenía algún valor y que
cualquiera de las citas inventadas del discurso eran, por
mucho, más interesantes, inteligentes e importantes que
la original. Sí, él tenía que saberlo y ahora yo también lo
sabía. Yo y el presentador del programa, los
camarógrafos y también todos los involucrados en sacar
al aire el programa, así como los televidentes, que por
más poca sintonía que tenga el canal, algún trasnochado
pudo haberse tropezado con la entrevista y verla, pero
nada de eso importa, la Propia Loba ideó el plan porque
conoce muy bien dónde tenía que hacer blanco. El de la
Alcaldía es un mundo cerrado y con sus propias leyes,
lo que importa es el público interno: aquellos que
pueden influir en las decisiones, los que tienen acceso a
las capas concéntricas más cercanas al Alcalde y sobre
todo, los que leen, ven y oyen solo lo que el Alcalde les
dice que lean, vean y oigan a través del Ojo de Saigón,
esos que al presentarse un vacío de información lo
llenaron con una versión más que adecuada para los
intereses del Alcalde. Ese público no necesita la verdad
del video, Vitalicio lo sabe y quiere estar seguro de que
yo no lo vaya a estropear todo. Y lo primero que hice
fue ver el video. Ahora, estoy jodido, así de simple.

No pude pegar un ojo en toda la noche, pero no
le quise decir a Carmela lo que me preocupaba, por lo
que terminé sentado frente al televisor de la sala hasta
que en algún momento fue demasiado el cansancio y
perdí noción de lo que me rodeaba. Cuando me
desperté, ya Carmela tenía el desayuno listo. No me
hizo preguntas, una noche de desvelo es algo que nos
permitimos de vez en cuando en nuestra relación; si se
repite entonces sí hay que dar explicaciones. Lo
siguiente sí me obligó a rendir cuentas. Llamé a la

oficina a reportarme enfermo y entonces tuve que contarle todo a Carmela.

—No le pares, es lo que siempre dices: porno para políticos.

Pero tenía que pararle. Esta vez no se trataba de un chiste de oficina, esta vez era algo serio, lo sentía. Cuando Carmela se fue a su trabajo llamé a recursos humanos de la Alcaldía e inicié el trámite para tomar unas vacaciones. Para no tener que ir ni siquiera a reportarme les dije que era una orden médica, el doctor me recomendó tomarme unas vacaciones porque estaba al borde de un ataque de estrés y si eso pasaba entonces no serían vacaciones sino un permiso por enfermedad. No quería que sonara a amenaza, pero así se lo tomó la funcionaria de recursos humanos, una persona muy querida ella en la Alcaldía. Justo lo que necesitaba, hacerme de enemigos gratis en esta situación. A regañadientes me dijo que no había problemas y que solo tenía que hablar con mi supervisor para que enviara el memorándum concediendo el permiso vacacional.

Técnicamente, mi supervisor es el Alcalde porque la Oficina de Monitoreo en estos momentos está acéfala. Desde que se fue Marianela han sido cuatro los directores de la oficina, pero ninguno resultó del agrado del Alcalde. El último director fue renunciado mes y medio atrás. Así que escribí una carta al despacho del Alcalde solicitando las vacaciones, explicando la premura en la recomendación médica y señalando que si era necesario un récipe médico lo enviaría lo antes posible. Entonces di por aprobadas las vacaciones.

Mi plan era sencillo: hacer la del avestruz. No tengo recursos para desaparecer, entonces lo mejor es no mostrar mi cara por un tiempo a ver si se olvidan del asunto antes de que vengan a buscarme en el sitio donde siempre he estado.

Los avestruces no son animales de esta época. No importa dónde estuviera, el celular no dejaba de seguirme con su constante llamado. Lo apagué y fui a la compu y tenía como cien correos, del despacho, del Ojo de Saigón, de Marianela. No sé cuánto podría aguantar antes de ceder en alguno de los frentes. Me acosté a dormir, después de todo estaba desvelado y por más preocupado que estuviera me sería muy fácil conciliar el sueño.

Sí, al acostarme sentí todo el cansancio venírseme encima, pero mis preocupaciones se impusieron. Sin embargo, la lucha entre dormir y seguir dándole vueltas a la cabeza era mucho más tranquilizadora que la lucha por no leer emails o contestar el teléfono, así que me quedé en la cama hasta que sentí a Carmela entrar en la casa.

Al verme, Carmela me dijo que necesitaba aprender a relajarme mientras me obligaba a meterme de nuevo en la cama. Corrió las cortinas, apagó la luz y cerró la puerta al salir. Aquello, de más está decirlo, siguió sin tranquilizarme en lo más mínimo.

Sin embargo, la oscuridad poco a poco fue arropándome y creo que en algún momento debo haber dormido. Pero estaba bien despierto cuando Carmela entró en el cuarto y me dijo que me vistiera, que teníamos visita. La mirada fulminante con que Carmela acompañó su mandato, fue lo único que necesité para saber que se trataba de Marianela

—Invítala a subir—le dije listo para elaborar toda una explicación de por qué debía recibirla en la mismísima sala de la casa, pero no fue necesario,

Carmela resopló a medio camino entre la burla y la impaciencia y antes de salir de la habitación dijo:
—Vístete rápido.

Al entrar en la sala quedé completamente desconcertado al ver que Marianela estaba acompañada por Emilia, la mismísima Primera Dama del municipio. Ni siquiera Carmela pudo mantenerse ajena a este extraordinario acontecimiento y fue quien inició la conversación apenas entré, ofreciéndole a las otras dos un café que yo prepararía, té pidió la Primera Dama. El café me dio una breve tregua para bajar la ansiedad, la presencia de la Primera Dama en mi sala no podía significar nada bueno para mí. Esperando que el agua hirviera y las infusiones estuvieran listas pude recobrar mi confianza, repitiéndome lo que siempre me repetía cuando un informe o un comentario parecía a punto de meterme en problemas: gran vaina, el funcionario de carrera soy yo, bótenme, si pueden.

Cuando regresé con las bebidas, la conversación corría amena, la visita estaba más que instalada y a largos ratos yo fui de palo en la sala mientras las tres mujeres hablaban principalmente de la experiencia como madre soltera de Marianela. Por primera vez en años de relación sentí en Carmela las ganas de tener un hijo, eso me contentó y a la vez me sumió en cierta tristeza, porque siempre supuse que ella no quería hijos, nunca mencionábamos esa posibilidad y cada vez que el tema de los niños surgía lo único a lo que hacíamos referencia era a los problemas que traían. En realidad, de ese triángulo de las Bermudas en el que estaba a punto de naufragar supe que nunca habíamos sido del todo honestos con nosotros mismos y por ello con nosotros pareja. Pero no tuve tiempo de dar ninguna patada de ahogado. Sin entender bien cómo pasó, Marianela me hizo la esperada pregunta.

—Ya va, disculpa, María, ¿qué me decías?

—¿Tienes o no tienes el video?

Me quedé en silencio. Por un lado, quería que todo terminara, que hicieran con su video lo que les diera la gana, pero por otro, disfrutaba de mi posición, incluso estuve tentado a ponerle precio a la entrega. Esa pequeña lucha interior fue más de lo que la Primera Dama pudo soportar.

—Por favor, Francisco, danos el video —soltó.

Ante la suplica de la Primera Dama iba a levantarme para buscar el video, pero ella no me dio oportunidad, pues estaba completamente abstraída en el monólogo que pronunció casi sin respirar.

—O sea, no sé si me entiendes, la importancia de todo esto, se trata no solo de un tema de trabajo, es un asunto personal, esto va más allá de la huelga de los basureros, después de todo ya está solucionada, no, me entiendes, pero hay otras cosas más importantes, lo que somos como personas, y ahí entra el video, es importante para Vitalicio, para lo que es él como persona, como ser humano en su totalidad, tú sabes, holístico, y es importante para mí también, para la totalidad que formamos juntos.

En medio de mi perplejidad lo único que pude hacer fue mirar a Carmela que no le quitaba la vista de encima a la Primera Dama, boquiabierta. El silencio no lo romperíamos nosotros.

—Como te dije, Emi, con esta gente no funciona el discurso de costumbre.

Marianela se paró y camino a la puerta, no pudo abrirla porque la multilock es complicada, me levanté para ayudarla y cuando pensé que se iría dejándonos a solas con la Primera Dama, lo que hizo fue asomar su cabeza al pasillo para asegurarse de que no había nadie. Cerró y caminó e hizo lo mismo en la puerta de la cocina, del balcón y del pequeño pasillo que lleva a los cuartos, para luego ir a sentarse de nuevo en su silla. Yo también regresé a mi asiento.

—Quisiera, antes que nada, asegurarme de que esta conversación quede aquí, entre nosotros, como un secreto.

Carmela me miró y entendí que todo esto la tenía requetedivertida y que la promesa de guardar el secreto era poco precio por el hecho de enterarse del secreto.

—Tú me conoces, María, mi trabajo se basa en la discreción.

—¡Pero esto es personal!—saltó la Primera Dama.

—En efecto—agregó Marianela—necesitamos más que tu compromiso de funcionario.

Fastidiado de tanto preámbulo les di hasta mi palabra de poeta muerto, aunque no entendieron la referencia.

Marianela, en contra de su costumbre, bajó la cabeza y comenzó a hablar.

—Como dijo Emilia, esto es personal, y tú lo sabes, en el fondo siempre lo has sabido, de hecho, tienes una teoría al respecto. Dale el video, das por comprobada tu teoría y de paso ayudas a una pareja a resolver sus problemas en la cama.

La Propia Loba nunca levantó la mirada, tampoco la Primera Dama, Carmela estaba viendo para otro lado y yo tampoco las vi a los ojos cuando le entregué el video a la interesada. No hubo ningún comentario, ni siquiera un suspiro o algo por el estilo, nadie dio las gracias y nadie las esperaba, nadie se despidió, nadie hablaría más nunca de la reunión, aunque esa noche, en la cama, Carmela y yo no pudimos evitar construir la escena en la otra cama, la del Alcalde.

85

En medio de unas carcajadas un tanto nerviosas y sin duda abochornadas, juntos nos imaginamos al Alcalde frente a la televisión viendo los noticieros cuando Emilia entró vestida con su más erótica ropa interior. Carmela dijo que parara pero Emilia se acercó lascivamente al Alcalde, tomó el control remoto y le dio al botón de play. Carmela se tapaba los ojos y sacudía la cabeza mientras Vitalicio se veía por primera vez en su famosa intervención. Ahí Carmela sí tuvo suficiente y se paró a tomar agua. Cuando regresó yo no dije nada, ella se acostó y dormimos tranquilos. Pero estoy seguro de que ambos en algún momento de la noche imaginamos a Emilia esperando a que Vitalicio terminara de hablar en el video, mientras el otro Vitalicio no decía palabra y no se quitaba los ojos de encima, entonces Emilia retrocedió el video y volvió a darle play, retroceso play, retroceso play, retroceso play, retroceso play…

Hasta aquella reunión en mi casa, nunca me había molestado cuando la gente asumía que yo era Vitalista por trabajar en la Alcaldía. Pero desde ese día, apenas alguien insinúa la filiación las imágenes del Alcalde viéndose en la televisión invaden mi cabeza y me causan un malestar casi físico. Cuando me preguntan por qué me fui de la Alcaldía respondo que el trabajo me enfermó. Pasé tantos años en el Ojo de Saigón que la gente se conforma con esa explicación, creyendo que entienden por completo mis razones. La verdad es que sigo haciendo más o menos lo mismo, solo que para una consultora privada más enfocada en temas económicos. El sueldo no es tan bueno, pero con la liquidación de la alcaldía, unos ahorros míos y otros de Carmela, compramos un par de locales comerciales y ahora vivimos de esas rentas. De Marianela nunca supe más nada. Por supuesto tampoco del Alcalde o de la Primera Dama, apenas salen en los noticieros siento el mismo malestar y tengo que cambiar de canal. Del que sí sé de vez en cuando es de Juan, que sigue en la Alcaldía aunque no está contento, al parecer el nuevo miembro del Ojo de Saigón puso una queja y ahora Juan tiene estrictamente prohibido insultar. El pobre ya no puede andar sin su frasco de antiácido.

Érika Garú

Su trabajo era artesanal: filmaba con su cámara y editaba en su casa, siempre con los mismos actores y técnicos y en las mismas locaciones, que solían ser casas de amigos y de su familia. La única diferencia entre sus anteriores películas y esta era yo. Y por supuesto, Érika Garú.

I

Nunca nos hemos llevado bien. Después de todo, soy el vago del que, por desgracia, se enamoró su hija. Lo de vago es el resultado de una serie de circunstancias, porque cuando tengo que entregar dos mil quemaditos, dos mil quemaditos entrego: Películas sin estrenar, clásicos del cine o de la televisión, televisión local o internacional, álbumes completos, canciones variadas, videos aficionados, de todo, el catálogo es ilimitado; pero el dinero no es tan bueno, todo depende del volumen de ventas y muchas veces los discos se quedan fríos, no tengo un departamento de mercadeo muy desarrollado, trabajo a pura intuición e imitación: si creo que algo puede tener éxito lo quemo más, si algo se pone de moda lo quemo el doble, y eso hace que los errores sean comunes. Hay semanas en que parece que me voy a hacer millonario, en otras no hallo qué hacer con todo el material congelado en el cuarto. A pesar de los vaivenes, el asunto pudiera ser una profesión a tiempo completo si no fuera por la vergüenza que me deja mudo cada vez que tengo que contestar a la pregunta "¿y tú qué haces?". Lo he intentado, más de una vez he practicado frente al espejo relajándome y respirando profundo, pero nada, incluso solo, encerrado en un baño, no puedo confesar a qué me dedico y hasta náuseas siento al tratar de decirlo, una reacción corporal muy parecida a la del personaje de aquella película, *La Naranja Mecánica*, que fue curado de sus instintos gracias al malestar físico que le producía pensar en ellos. Yo, supongo, también fui curado, pero por extraño que parezca, tal reacción nunca se produce mientras trabajo, únicamente cuando trato de hablar de ello. Y en casa de Ricardo Diéguez, uno de los cineastas más respetados del país y papá de Azalea, mi novia, jamás mencionaría algo al respecto.

A Azalea la conocí en la universidad; fue lo único bueno que me dejaron casi seis años de estudios. Licenciado con negocio propio pero clandestino y que ante la opinión pública es un desempleado mantenido por su novia hijita de papá; ¡las cosas que tengo que soportar por esa imagen que la gente tiene de mí! Una vez se me ocurrió llevar a casa de Azalea una película que acababa de quemar; recuerdo que era *Blood Diamond* con DiCaprio, lo recuerdo bien porque en un punto de la película encontré un salto inesperado, simplemente la imagen se perdía por unos tres minutos y no encontré otra fuente para resolver el problema. Entonces, en un momento de inspiración digno de los mejores capitanes de la industria, decidí llenar el vacío de una manera que resultó tan ingeniosa que a partir de entonces la utilizo como procedimiento estándar: tomé tres minutos de escenas de DiCaprio en *The Departed* y las puse en el vacío de *Blood Diamond*; la mayoría de la gente iba a ver

Blood Diamond por DiCaprio, que tengan DiCaprio entonces. Apenas el papá de Azalea vio que traía *Blood Diamond* para verla en familia, supo de qué clase de película se trataba, "¡ni siquiera la han estrenado en Estados Unidos!" dijo y por momentos lo tomé como un elogio, pero de inmediato comenzó a descargarme con una furia que llegó a preocuparme, parecía que en cualquier momento me iba a golpear, aunque no pasó de las palabras, el señor Ricardo Diéguez es de los que todavía creen que un buen sermón puede herir y hacer recapacitar a los inmorales. A sus ojos, incluso este servidor, el más inmoral de todos, no podría resistir sus argumentos sobre cómo gente como yo dejábamos sin comer no a los Diéguez de este mundo sino a aquellos que dependen de que Diéguez reciba el dinero justo por su trabajo. "El que se jode no es DiCaprio, se joden los técnicos de sonido, los iluminadores, los maquilladores, los productores de campo, es a ellos a los que la gente como tú les quita la comida". La parte más brillante de su diatriba fue en la que habló de la justicia poética: por ahorrarnos unos centavos, yo y la gente como yo nos perdíamos el verdadero arte cinematográfico que solo se aprecia en la calidad y el silencio de una sala. Pero no pudo continuar, mi celular sonó interrumpiéndolo. La llamada fue de Azalea en mi rescate. Semejante discurso y tamaña indignación por el solo hecho de que la película estuviera en su casa, sin saber que yo no estaba ahorrándome unos pesos, los iba a hacer: cien copias más de *Blood Diamond* estaban listas en mi casa esperando por mi socio que las pondría a circular.

Desde ese día, la antipatía natural que sentía hacia mí por ser el vago novio de su hija, tuvo una razón concreta y más que justificada. Pero la costumbre es un buen antídoto contra la antipatía, y aunque no le agradara, mi relación con su hija se consolidaba y

Diéguez se fue resignando a mi presencia en su casa. Ya vivíamos en una especie no de tratado de no agresión — salvo el incidente de *Blood Diamond*, nunca habíamos tenido altercados — sino de mutua ignorancia: él sabía que yo estaba ahí y yo sabía que esa era su casa, suficiente convivencia. Y la verdad sea dicha, el tipo respira por los pulmones de Azalea, mientras ella esté feliz él no pondrá ninguna objeción a mi presencia en su casa, cualquiera sea el día, cualquiera la hora. Así, poco a poco pero indeteniblemente me fui convirtiendo en parte de la cotidianidad del hogar. Gracias a ello, pude cambiar para siempre la vida de todos.

II

Ricardo Diéguez había llegado al punto que tarde o temprano llega todo cineasta nacional. Cansado de que tras terminar una película, el siguiente paso siempre fuera declararse en bancarrota para salvarse por un tiempo de los acreedores, Diéguez estuvo dispuesto a vender su legado por un plato de lentejas. El plato era Érika Garú, una modelo que después de un par de sonados desnudos le cogió el gusto al cine y ahora quería ganarse el respeto como actriz. Su presencia en la película estaba siendo gestionada por un amigo de ambos que pensó que Diéguez le daría a Garú ese respeto y Garú le permitiría a Diéguez conseguir el añorado éxito taquillero. Por supuesto fue más difícil convencer a Diéguez de que aceptara la presencia de Garú en su película que a Garú de que se desnudara en la película de Diéguez. Yo estuve presente en la conversación donde finalmente Ricardo cedió. El amigo le dijo aquella vieja estupidez del árbol que se cae en el bosque y no hay nadie para escucharlo, explicando con tono pedagógico a todos los presentes — que también estaba Azalea, de lo contrario yo no habría estado ahí— que las películas de Ricardo eran el árbol y el bosque las salas de cine. Para que el bosque se llenara de oídos que escucharían caer el árbol mientras estaban entretenidos en otra cosa, Garú se desnudaría en una escena que como casi todas las escenas de desnudo del cine local sería completamente innecesaria. No pasaría de eso, una simple licencia comercial, el amigo de Diéguez repetía una y otra vez la frase, una simple licencia comercial, como intentando convertir la muletilla en eslogan. Y lo logró. El eslogan era demasiado pegajoso y convincente, casi que lo confundimos con el título de la película, porque Ricardo repitió las palabras varias veces, una simple licencia comercial, tras aceptar a Garú como su estrella, y siguió repitiéndola durante varios días y sobre todo, varias noches.

Para el proceso de creación de su película, Diéguez tuvo en mí a un no deseado espectador en primera fila. En silencio, siempre acompañado de Azalea como salvoconducto, vi cómo la película iba tomando cuerpo escena a escena, toma a toma y cómo los desechos se iban acumulando. Hice un inventario completo de todo el material que se estaba quedando fuera de la versión definitiva de la película. Y el material era lomito. Por remordimientos de última hora, Diéguez intentó convertir en "artísticos" e "insinuantes" los múltiples desnudos de Garú y en especial una escena de sexo explícito que a todas luces fue filmada apuntando a la taquilla. Eliminado de la película, ese material solo necesitaba caer en las manos correctas.

Cuando la película estaba prácticamente lista, me quedé una noche hasta tarde viendo televisión con Azalea, esperé a que el papá se fuera a dormir y que, como de costumbre, Azalea se quedara dormida en el sofá, para instalarme en el estudio de Diéguez y hurgar en sus computadoras. Luego, en mi casa, preparé mi propia versión de su película. Le agregué las escenas cortadas e incluso los desnudos de sus otras películas, unos cuantos videos de la chica que conseguí en Internet y otros que no eran de ella pero nadie lo notaría. Mi intención no fue solamente explotar el morbo de los espectadores sino preservar el espíritu de la película, que, sinceramente, Ricardo estaba corriendo el riesgo de perder el objetivo de su historia con tanta sobreracionalización. También diseñé una carátula donde se leía: Antes que en el cine, la película que Érika Garú no quería que nadie viera, sin censura. En dos días, cinco mil videos estaban vendiéndose en las calles y al día siguiente tenía un pedido por cinco mil más.

El escándalo tocó rápidamente las puertas de Diéguez, primero por un llamado del representante de Garú exigiendo explicaciones y luego por la insistencia de varios periodistas de la fuente de espectáculos que querían entrevistarlo sobre el caso. Diéguez se defendió con la ineptitud del inocente, nadie creyó que no tuviera nada que ver con el asunto, su versión de que alguien había tomado el material de su computadora y él no se dio cuenta hasta que vio el video en manos de los buhoneros, era demasiado simple como para que la consideraran verdadera. Mientras, Garú aparecía en las portadas de todas las revistas y periódicos, declarando que estaba muy decepcionada al ver que un material artístico y de calidad era degradado a pornografía por gente inescrupulosa y por quienes compraban el video. En sus declaraciones daba a entender que el público del país no estaba listo para ella y que el lado positivo del escándalo era que se había dado cuenta de que había llegado el momento de buscar nuevas audiencias.

Durante esos días, yo estuve todo el tiempo en casa de Diéguez, junto a Azalea, como parte del apoyo familiar tan necesario en momentos como el que el cineasta estaba viviendo. Estaba derrotado, apenas salía de su cuarto y si no hubiera sido por la diligencia de los periodistas que querían entrevistarlo un día sí y otro también, no le habría visto la cara en todo el tiempo que el escándalo fue el centro de atención. Me daba ternura verlo acomodarse y mostrar su mejor cara para recibir a los periodistas. Los atendía con una paciencia digna de mejores tareas. A un periodista particularmente incisivo le dijo que estaba seguro de que se trató de un inside job, agregando que estaba muy cerca de descubrir quién lo había traicionado. Pero no hay realmente inside en su job, nadie interviene en su proceso una vez que terminó la grabación. El cine de Diéguez es de autor por defecto: si él no asume la mayor parte de las etapas del proceso, los presupuestos se disparan y la película se vuelve inviable.

Para variar, esa noche no se refugió en su habitación. Se sentó con nosotros y nos ofreció un güisqui. Sabiendo que Azalea no aguantaba más de un vaso, le sirvió el segundo y sin mucha paciencia, porque no era necesaria, esperó a que ella se fuera a dormir. Nos tomamos los siguientes güisquis en silencio, un silencio que se volvía más y más escrutador, la mirada de Diéguez se mantenía sobre mí, no me quitaba sus ojos acusadores de encima. Tuve que hablar y tenía que hacerlo sobre la película, sobre los acontecimientos, porque un cambio de tema habría sido en exceso delator y no iba a aceptar así de fácil que yo era exactamente quien él pensaba. "Entonces, estás convencido de que se trató de un inside job". Lo dije así, como afirmación, no como pregunta, esperando que mi certeza lo confundiera. Sonrió irónicamente y se sumergió en su bebida.

No dijimos nada más, solo bebimos, seguros de que cada uno sabía lo que pasaba por la mente del otro, aunque cuando la segunda botella iba por la mitad yo no tenía ninguna certeza de lo que podía estar pasando por mi cabeza. De pronto, lo tuve a dos centímetros de mi cara, clavándome la misma mirada de odio que tuvo durante toda la velada. "No te ves bien, deberías irte a tu casa, aquí están las llaves de mi carro, tiene los frenos largos", me dijo mientras amablemente me llevaba hasta la puerta de la casa.

III

Al día siguiente estaba parado fresquito en la puerta de la casa de Diéguez. Él se sorprendió como si el día anterior Azalea le hubiera dicho que habíamos terminado; la sorpresa fue mayor cuando le revelé el plan que si bien no necesariamente salvaría su reputación, sí le daría una tranquilidad que ningún cineasta en este país es capaz de rechazar: la económica. "Señor Diéguez", le dije, "la gente que va al cine no es la misma que compró el video, y la gente que compró el video irá al cine si las muerde la curiosidad". Ricardo me miró sorprendido, pero entendió perfectamente a qué me refería. Se encerró hasta terminar los detalles de postproducción que todavía necesitaba su película; mientras, sus contactos en las dos cadenas de salas que existen en el país, movían las piezas. La película del escándalo de Érika Garú se estrenó cuando la versión pirata todavía les quemaba las manos a los buhoneros en las autopistas de la ciudad. En una extraña simbiosis que nadie sino yo pudo prever, las ventas del video pirata impulsaron la taquilla y la taquilla aumentaba la demanda del video. Al finalizar el ciclo, la película de Diéguez se había convertido en una de las más taquilleras del cine nacional y en la más exitosa de su producción personal. Por su parte, la versión en quemadito seguramente competía en ventas con los bestsellers más grandes de la historia de la industria pirata: el video sexual de la protagonista de telenovelas Giovanna Frías y la película casera de los asesinatos en un barrio de la capital, pero nadie puede asegurarlo, las cifras en este país no se llevan con el detalle debido.

El éxito de la película nunca se comentó en la casa de Diéguez. El pacto de mutua ignorancia se mantenía y lo respetábamos con un celo que ya parecía devoción. Él no estaba dispuesto a darme crédito y yo no lo necesitaba. Pero estoy seguro de que él sabía que la película de Érika Garú nos había igualado. La edición es parte importante del arte cinematográfico, incluso para algunas escuelas es el verdadero arte cinematográfico; con la versión sin censura de su película yo había demostrado que era un artista y su silencio lo confirmaba. En su manera de ignorarme yo notaba un cambio, me ignoraba con respeto. Una noche lo descubrí en su estudio viendo ambas versiones mientras tomaba notas. Con el dominio que tenía de su oficio, se había dado cuenta de que mi versión era algo más que la suma de su película y las escenas explícitas. En el ritmo, en la continuidad, en los extras que añadí, él encontraba aportes que repercutían para bien en el resultado, y él lo estaba reconociendo. Desde esa noche lo ignoré con el mismo respeto, y estuve seguro de que su próxima película sería la mejor de su carrera.

IV

Ya la película de Érika Garú tenía unas semanas fuera de cartelera cuando el papá de Azalea me dijo que tenía algo para mí. "Fuiste parte de esto, sin tu idea nunca le habríamos sacado provecho al escándalo", dijo al entregarme un cheque cuya cifra no supe leer pero que él con mucho gusto leyó para mí: "Cero millones cero cientos mil cero cientos cero, me tomé el trabajo de descontar lo que hubieras tenido que pagarme por violación de derechos de autor, sinvergüenza descarado". Le di las gracias por su generosidad, esperando que el cheque en efecto dejara saldadas todas las cuentas. No tenía queja alguna, a través de Azalea disfruté de mucho del dinero de la película y la versión pirata produjo enormes ganancias, pero trabajamos sobre volumen, si me cobran costos específicos como un derecho de autor simplemente me arruino. Por su cara, pensé que estaba a punto de dar inicio a su viejo sermón. Sin embargo, en vez de insistir sobre mi condición moral, Ricardo me entregó una laptop. "Aquí está la película de Ducén, buen amigo Ducén".

Béverly

—Señora Gil, puede pasar—dijo la secretaria. Béverly se levantó de su asiento y entró en el despacho del abogado. El abogado la recibió de pie delante de su escritorio, pero Béverly apenas le dio tiempo para cortesías.

—Quiero demandar a mi cirujano plástico por mala praxis—dijo Béverly.

—Cuénteme.

Sin mediar palabra, Béverly se desabotonó la blusa. El abogado, entre curioso y sorprendido, quiso mirar pero no se atrevió, quiso preguntar pero no le gustaría arruinar el momento. Tras quitarse la blusa, Béverly se desabrochó el sostén. El abogado intentó decir algo y no le salieron las palabras. Frente a la mujer desnuda de la cintura para arriba, desapareció toda la sagacidad que se pudiera esperar de él. Solo cuando Béverly señaló sus senos exigiendo atención, el abogado recordó el contexto donde se encontraban y comprendió que había un problema y que debía estar ahí.

—Yo... Para mí... Yo las veo perfectas.

—Espere a tocarlas—. Béverly perdió rápido la paciencia—Vamos, no se quede ahí parado. ¡Tóquelas!

—Pero, señora Gil.

—Compórtese como un profesional y tóquelas.

El abogado se acercó a Béverly con los brazos extendidos como quien quiere estar lo más lejos posible de lo que sus manos están a punto de tocar, pero al estar más cerca se volvió adolescente y se estiró más para llegar a su objetivo con mucho tiempo de antelación.

—Suavecitas. Agradables. Provoca...

Cuando estaba a punto de recostar su cabeza en los almohadones, una luz de alarma se encendió en un remoto lugar. La situación era muy extraña como para que no se tratara del caso más importante que jamás haya tenido. El abogado quitó sus manos del cuerpo del delito y con una voz tan segura que hasta él mismo se sorprendió dijo:

—Sigo sin ver cuál es el problema.

—Apriete —insistió Béverly con una determinación que le devolvió al abogado todos sus pensamientos lascivos.

—¿Está segura?

—Apriételas, con confianza, ya verá.

El abogado dudó un par de segundos, pero al fin se decidió. Al apretar los senos de Béverly, como si de un carro viejo se tratara se escuchó el sonido de dos cornetazos. El abogado retrocedió espantado y recuperó la compostura solo porque Béverly, sin inmutarse, sin siquiera mostrar una pequeña intención de querer volverse a vestir, no le quitaba la vista de encima. Asombrado frente a la entereza de su nueva clienta, el abogado inició un cuestionario que lo llevara a trazar las coordenadas de tan singular caso.

—¿Sucede cada vez que...?

—Cada vez.

—¿Desde que se operó?

—Desde que terminó el reposo.

—Sin duda, no estamos ante un caso cualquiera. Cuénteme en qué modo esto la ha afectado.

—Principalmente, en el modo sexual. Mi marido por fin pareció recuperar el interés en mí, y entonces, aquella noche...

Béverly perdió un poco el aplomo.

—Tómese todo el tiempo que necesite. No cobro por hora.

—Quería que fuera especial porque era la primera vez desde que me las había operado. Hice un strip tease que lo excitó como hacía mucho tiempo no lo veía. Se paró de su asiento y me arrastró a la cama y de pronto, no me acuerdo si fue un pellizco o un mordisco, ¡Paaaaan!, sonaron. Al principio me asusté más que él, pero después él no se pudo recuperar. No se le ha vuelto a parar, y desde entonces no puede verme sin quitarle la vista a mis senos; el problema, por supuesto, no es que los mire, es que los mira con horror. Yo intento tapármelos, pero entenderá que al operarme pedí que se me vieran bajo cualquier circunstancia. Él comenzó a creer que lo estaba amenazando, que haría sonarlos para hacerlo sufrir, y aunque ésa no era mi intención, sin duda la vida se le volvió imposible, y nuestro matrimonio... Estamos a punto de divorciarnos.

—Suficiente para demandar no solo por mala praxis sino por daños morales. Hábleme de su relación con el doctor, ¿cuál es su nombre?

—Amado. Jorge Luis Amado.

Béverly tomó la ropa que estaba colgada en un perchero de metal, se vistió y salió del pequeño cuarto donde el doctor Amado examina a sus pacientes. Amado la estaba esperando sentado en su escritorio, llenando algunos datos en la historia de Béverly, o haciendo como si anotara cosas importantes, que con los médicos uno nunca sabe, especialmente si son cirujanos plásticos. Béverly se sentó y el doctor dejó de escribir de inmediato, pero tardó en hablar.

—Dígame si entendí —dijo Amado—. ¿Usted cree que con este nuevo par de amigas su marido recuperará el interés en el matrimonio?

—Eso creo—respondió Béverly.

—Es decir, usted lo que quiere son dos campanas para hacer las de Pavlov.

—Si prefiere ponerlo en esos términos.

—¿Y si no sucede?

—¿Qué quiere decir?

—¿Qué pasaría si el desinterés de su marido es un poco más complicado?

—No lo entiendo.

—Que tal vez a su marido le tiene sin cuidado el tamaño de sus senos, tal vez no está buscando mejores tetas o culos sin celulitis, tal vez lo que quiere son conversaciones de sobremesa. ¿Cuándo fue la última vez que hablaron sobre algo distinto a cómo les fue en la oficina o de los problemas de los niños en el colegio?

—No tenemos hijos.

—¿Qué busca?—preguntó el doctor, sorprendido al ver a Béverly jurungar el escritorio.

—Madera—respondió Béverly—. Deme una de esas paletas—Amado le pasó una de las paletas de madera que utilizan los pacientes para decir ah y Béverly le dio dos golpecitos—. ¿Se imagina todo lo que tendría que operarme si ya hubiera parido?

—No ha entendido mi punto. Tal vez el desinterés de su marido se deba a que está buscando cosas nuevas, diferentes, importantes, cosas que en su matrimonio están ausentes debido a la monotonía, a la apatía con que están viviendo el día a día, la vida en común. Tal vez su marido está pensando en un cambio de carrera, tal vez quiere escribir un libro o meterse en política para tratar de cambiar el país, y puede que sin darse cuenta usted lo único que le está ofreciendo en estos momentos es la rutina del buenos días mi amor, buenas noches mi vida. Indague, pregúntele, descubra qué hay en su cabeza y qué cambios pueden intentar

101

juntos, créame, la única respuesta no es un par de tetas nuevas.

—Yo lo sé. Por eso tienen que ser únicas.

El abogado reflexionó unos segundos antes de volver a dirigirse a Béverly.

—Concentrémonos en las campanas de Pavlov. Campanas, cornetas, no hay diferencia, la referencia a Pavlov muestra la intención del Dr. Amado de hacerle daño desde el primer instante. Creo que tenemos caso.

—Por lo que me cuentas, Amado, no hay caso— le dijo la abogada al doctor Amado—. Voy a solicitar una reunión de las partes para que lleguemos a un acuerdo. Estás en un lío, Jorge Luis, ¿por qué lo hiciste?

—¿Tengo que volver a decirte por qué?

—Debiste haber renunciado antes de llegar a esto.

—¿Y perder la oportunidad de hablarle al mundo? Viéndolo bien, olvídate del acuerdo, yo lo que quiero es un juicio.

—Pero, Amado.

—Prepárate que vamos a juicio.

Contrariada, la abogada salió del consultorio del Dr. Amado. Él se quedó pensativo, jugando con un par de implantes. Recordó la rutina que solía tener con las pacientes poco antes de que se le ocurriera implantar las cornetas en Béverly.

—Buen día, Dr. Amado—dijo la paciente—, ¿ya tiene los implantes que escogió para mí?

—Sí, aquí mismo los tengo, éste es John, y por supuesto éste es…

—¡Yoko!

—¡Paul! Por supuesto que es Paul, no importa que el público escoja uno sobre el otro porque juntos son mucho mejores que separados.

Amado arrojó los implantes a la basura y suspira con profunda resignación. Es la misma resignación con que Béverly se ve en el espejo. Está incómoda, su cuerpo la incomoda, su cama la incomoda, su habitación la incomoda, su casa la incomoda, no quiere estar allí, no sabe a dónde ir pero no importa, lo importante es salir, salir para no pensar, para no verse en el espejo, para no encontrarse con su esposo en alguna esquina de sus cuatro paredes, su cuarto de pronto se le volvió el cuerpo que rechaza el implante del que no puede deshacerse sino a través de una infección mortal.

Lo único que mantendría a Béverly dentro de su casa sería una visita solidaria, oportuna, pero del abogado no la obtendrá, porque ir a casa de Béverly sería lo último que le pasaría por la cabeza al abogado cuando él piensa en el caso. Prefirió quedarse en su oficina sacando cuentas.

—Si el Dr. Amado paga… a él le quedarían… y con esto podría… Necesito ganar tres casos más como éste para quedar solvente de nuevo.

Sin duda, debería celebrar. Aunque mejor no adelantarse a los hechos. ¿Y si después no tiene nada que celebrar? Ya le ha pasado varias veces, casos que parecían imperdibles tomaron un giro inesperado, las más de las veces por su propia impericia, y se volvieron completamente en su contra. Pero con éste no puede pasar, una mujer con senos de corneta, nadie puede fallar en su contra.

El Abogado sacó una botella y dos copas. Abrió la botella y sirvió las dos copas. Tomó ambas copas y se levantó viendo para todos lados como si buscara a alguien para darle una copa. Desistió.

—¡Por los tres próximos casos similares a éste!

Chocó ambas copas. Bebió fondo blanco la primera, fondo blanco la segunda y volvió a llenarlas. Esta vez no hubo brindis antes de los fondos blancos.

"Un trago es lo que necesito", pensó Béverly mientras caminaba por la ciudad. No tenía rumbo, no buscaba nada en particular, pero sintió que podía estar a punto de encontrar un sitio especial al detenerse frente a un letrero de neón que logró dibujarle en la cara algo parecido a una sonrisa. Entró al Bar Celona, un pequeño local donde apenas unas pocas mesas estaban ocupadas. En una esquina del local, una banda de jazz tocaba con fastidio pero con precisión de grandes músicos. Cuando llegó el turno de hacer su solo al trompetista, Béverly quedó maravillada con la hermosa melodía. Sentada en la barra se bebió un güisqui en las rocas sin quitarle la vista al trompetista que, ante la poca concurrencia, más temprano que tarde se dio cuenta de que tenía toda la atención de la mujer y pronto comenzó a tocar solo para ella. Béverly no vio al hombre acercándose a la barra y apenas se percató de su presencia cuando al sentarse junto a ella le preguntó qué hacía una mujer tan bella bebiendo sola. Béverly no quería perder tiempo con el primer tarado que se le acercara, así que tomó medidas evasivas radicales: se apretó un seno dos veces. El ruido se escuchó en todo el local, pero solo el hombre y el trompetista supieron de dónde provino. El hombre se alejó despavorido. El trompetista dejó de tocar y se acercó a Béverly.

—Disculpe, no pude dejar de notar...

Interrumpiéndolo, Béverly se apretóa otra vez. El trompetista estaba impresionado, lleno de curiosidad.

—Vuelva a hacerlo, por favor.

Béverly lo miró intrigada.

—Por favor.

Béverly se apretó largo un seno y luego se apretó el otro con fuerza pero muy rápidamente, soltando los dos a la vez. El trompetista no cabe en sí de la emoción.

—Mi nombre es Charly Párquer, Charly Párquer Contreras González.

—Mi nombre es Béverly, Béverly Gil.

—Béverly, sé que te parecerá apresurado, que acabamos de presentarnos y todavía no nos conocemos, pero apenas te escuché supe que no podría vivir si no te toco.

—¡Eres un pasado, Charly Párquer! Pero hay un problema—dijo Béverly mientras levantaba su mano moviendo el dedo anular.

—No tengo nada contra los percusionistas.

—¡El anillo! Es de matrimonio, soy casada.

—Ah, disculpa—dijo Charly Párquer y regresó a su lugar de músico visiblemente decepcionado. Tomó su trompeta y de inmediato la banda lo siguió. Tocó un solo tristísimo. Béverly parecía más triste que él. Aunque no se movió de la barra hasta que amaneció, no pudo beberse toda su tristeza.

El que sí se bebió todo fue el abogado, que se despertó con un dolor de cabeza solo menos terrible que su aspecto. Él sabe que su estampa lo pondrá en minusvalía frente a la abogada del Dr. Amado, pero el que está en verdadera minusvalía es el Dr. frente a su cliente, la señora Gil. Esa idea le da fuerzas para enfrentar a la abogada.

—Mucho gusto, abogada.

—Mucho gusto. Esperaba un abogado más joven.

—¿Por qué sería?

—Porque no recuerdo haberlo oído nombrar.

—Prefiero la fama de mis acciones a la de mi nombre.

—Las grandes acciones nunca son anónimas.

El abogado no supo qué responder y como si una cosa fuera consecuencia de la otra, sintió que, como en tantas ocasiones, estaba perdiendo el control sobre el caso. "El que debería estar perdiendo el control es el Dr. Amado", pensó e hizo un nuevo intento.

—Pero tal vez es su memoria la que le quita el nombre a mis acciones.

—Entonces, que mi memoria no sea la medida: ¿Usted ha perdido algún caso?

—Contra una mujer, jamás.

—Entonces no hemos coincidido en la corte—Sí, definitivamente, el caso ya no está bajo su control—. Pero vayamos a lo que lo trajo por aquí. Está decidido. Iremos a juicio.

—Sin duda—dijo el abogado bastante sorprendido—, el Dr. Amado ha perdido el juicio.

"Soy una loca. Me volví loca", es lo único que pasaba por la cabeza de Béverly mientras metía la llave en la cerradura. Ya era media mañana y al ver el carro de su esposo todavía en la casa, no pudo imaginarse sino la escena que le esperaba. Su marido no fue a trabajar, pero tampoco estaba preocupado por Béverly, al parecer no tenía mayores ganas de ir a la oficina y decidió quedarse en la cama con el control remoto en la mano apretando una y otra vez uno de los botones.

Cuando lo vio, quizás por estar todavía desinhibida por el alcohol, quizás porque en efecto sí logró beberse toda su tristeza y ya no hubo neblina que cubriera la farsa de matrimonio que estaba viviendo, decidió que ese era el momento de tomar una decisión.

—¿Podemos hablar?—preguntó Béverly.

—Estoy cambiando canales.

—¿Vamos a dejar que un error médico acabe con nuestro matrimonio?

—Nuestro matrimonio siempre ha sido así, yo cambio canales, tú hablas de alguna vaina.

—¿Por qué no puede ser distinto ahora?

—¿Por qué no sería igual?

—Entonces, deberías cambiar canales en otro lugar.

—¿Me estás botando de la casa?

—No sé, tal vez, tal vez es mi turno de tener el control remoto.

—Está bien. No respondo por lo que diga en el juicio.

El marido le dio el control remoto a Béverly y se marchó sin siquiera hacer maletas. Béverly miró el control, apretó un botón y luego no supo qué hacer con él.

A la abogada no le gusta sentir que no tiene el control y la decisión de Amado de ir a juicio la sacó de su zona de confianza. No sabe qué esperar del juicio y el abogado comenzó por todo lo alto, llamando al mismísimo esposo de Béverly. Era lógico, ya que la mayor parte del argumento de los daños a la señora Gil estaba basada sobre la reacción de su marido. Una mujer con tetas de corneta, no está fácil lograr empatía por Amado, y sin embargo, algo en la actitud del esposo de Béverly le dio esperanzas a la abogada. Lo mismo vio el abogado, pero claro, a él le hizo tener malos augurios. El esposo estaba listo para dar su testimonio.

—Señor esposo de Béverly Gil—dijo el abogado sin obtener respuesta—. Señor esposo de Béverly Gil—repitió y esperó un poco más hasta desesperarse—. ¡Señor esposo de Béverly Gil!—gritó.

—Ah, disculpe, no lo había escuchado. Diga usted.

—¿Cómo se ha visto su vida afectada desde que descubrió lo que le hizo el Dr. Jorge Luis Amado a los senos de su esposa?

—Mi vida se volvió una pesadilla. Mire, los uso todo el tiempo para no correr el riesgo de escucharlas — dijo el marido de Béverly, mostrando los tapones para los oídos que llevaba puestos.

—Y si las escuchara ahora, ¿cuál sería su reacción?

—No quiero ni imaginarlo.

—Béverly, por favor.

—¡No lo hagas!

Béverly, con un enorme fastidio, se apretó débilmente un seno.

—¡No! ¡Es un monstruo! ¡Se convirtió en un monstruo!

—Quiere decir que el Dr. Jorge Luis Amado convirtió a su esposa en un monstruo.

—¡Sí! ¡Sí!

—No más preguntas.

Tocó el turno de la abogada del Dr. Amado.

—Señor esposo de la señora Béverly Gil, cuando su esposa acudió al consultorio de mi cliente, ella dijo que quería operarse los senos para recuperar el interés suyo en el matrimonio. ¿Usted sabe por qué ella dijo eso?

—Tal vez pensaba que yo había perdido interés en nuestro matrimonio.

—¿Y usted lo había perdido?

—A decir verdad, sí.

—Piense bien su respuesta, ¿está diciendo que antes de que mi cliente operara a su esposa usted ya había perdido interés en su matrimonio?

—Sí.

—Usted introdujo recientemente una demanda de divorcio contra la señora Béverly Gil. ¿Si mi cliente no hubiera operado a su esposa con los resultados visibles...

—Objeción—interrumpió el abogado—. Resultados audibles. Los resultados visibles no están en discusión.

—Repito la pregunta. ¿Si mi cliente no hubiera operado a su esposa con los resultados audibles por todos conocidos, igualmente habría introducido la demanda de divorcio?

—Pensándolo bien, lo más probable es que sí.

—No más preguntas.

Es la adrenalina de un juicio lo que alimenta a la abogada. No puede evitarlo, se siente demasiado bien. Se sabe triunfadora y por eso miró al abogado retadoramente. El abogado no lo soportó, está profundamente abatido, es un caso imperdible y con el primer testimonio ya se siente en vías de perderlo. La abogada sintió ese abatimiento y de pronto el estómago se le vacía y la garganta se le cierra, una cosa es la adrenalina de la abogada exitosa, otra la ternura que le despiertan los abogados sin capacidad una vez que se sienten acorralados.

—Abogado, me preguntaba si usted... esta noche... tendría algo que hacer.

—Nada, soy más solterón que soltero y soy de libre ejercicio, así que no tengo ni compañeros de bufete.

—Más o menos tengo el mismo problema, el trabajo me quita tiempo para conocer a personas que no sean abogados o clientes, y después de todo un día de trabajo quién quiere seguir compartiendo con abogados o clientes. Pensándolo bien, perdone, no sería una buena idea.

—¿Qué idea?

—Mejor se concentra en el caso, que su clienta lo va a necesitar.

La abogada volvió a sus papeles, el abogado no entendió nada de lo sucedido, cosa normal para él en un juicio, así que recogió sus papeles y salió a buscar a su cliente, tal vez Béverly necesita oír alguna palabra de él, pero Béverly ya no está en los alrededores. La Abogada aprovechó la sala vacía y se sentó en su silla a revisar su lista de teléfonos. Cómo le gustaría salir con alguien, volver a tener una cita.

—Ya salimos y no volvió a llamar—dijo para sí mientras pasaba revista a sus contactos—. Le tiene miedo a las mujeres exitosas. No me parezco a su mamá. Me parezco mucho a su mamá. Mala cama. Mala bebida. Mala conversación.

Ya no tiene más contactos a quien pudiera llamar. Definitivamente, otra noche de estudiar casos y preparar juicios. Y después se preguntan por qué es la mejor.

El abogado le diría a Béverly que aunque se estén enfrentando a la mejor abogada que el dinero del Dr. Amado pudo pagar, todavía hay chance de no perder la demanda. Pero el abogado tampoco encontró a Béverly en su casa. Del juzgado, Béverly salió directo para el Bar Celona. El local estaba cerrado, aunque había gente en el sitio, el administrador, algunos empleados y un par de músicos, entre ellos Charly Párquer. Charly Párquer no había visto a Béverly, pero el pianista de la banda le comentó que la mujer de la otra noche estaba preguntando si podía entrar en el Celona aunque no estuvieran abiertos. Charly Párquer no fue a su encuentro, fue a la esquina donde estaban los instrumentos, tomó su trompeta y comenzó a tocar una melodía muy alegre, estaba contento. Béverly logró entrar, en parte porque el pianista le dijo al administrador del Celona de qué podía tratarse la visita. Béverly fue a sentarse en la barra, Charly Párquer tocó un rato más como si no se hubiera percatado de la presencia de Béverly. En un momento dado, la vio, se vieron, él siguió tocando y comenzó a acercarse a ella, no se quitaban los ojos de encima. Cuando Charly Párquer estuvo a un paso de Béverly ella se sentó al borde de la silla con la espalda completamente erguida y el pecho sacado.

Charly Párquer extendió una mano y le rozó el seno a Béverly. Ella se arrepintió, no estaba lista, se sentço viendo a la barra.

—Lo siento—dijo Charly Párquer—, pensé que…

—Conversemos.

—Soy músico. No tengo buena conversación.

—Entonces quedémonos un rato aquí sentados, en silencio. Quiero ver si no nos aburrimos con el tiempo.

Béverly y Charly Párquer se quedaron un largo rato en silencio, sin hacer nada, viéndose o viendo para otro lado. Primero solo los mesoneros y el barman parecían interrumpir la conversación sin palabras, luego los clientes comenzaron a llenar el Bar perturbando la atmósfera que se había creado entre el músico y su futura musa. Béverly comenzó a jugar con un vaso y una servilleta, Charly Párquer tarareó una melodía, ambos lo hacían con total fastidio.

—Mejor toca algo.

—¿Segura?

—Segura—Charly Párquer le tocó un seno a Béverly—. Ey, no a mí, toca tu trompeta, este lugar necesita de tu música.

Charly Párquer caminó hacia su lugar de músico. Antes de tocar le guiñó un ojo a Béverly, que sonrió con ternura. Pocas veces Charly Párquer había tocado tan bien, varias personas del local lo comentaron. En una mesa había tres mujeres, no pudieron resistir el magnetismo de la música de Charly Párquer, se acercaron y bailaron frente a él, era un baile lascivo. Béverly supo que no podría vivir de esa manera. Se marchó. Charly Párquer la vio irse, pero las mujeres lo distrajeron, siguió tocando para ellas.

Una a una, las mujeres operadas por el Dr. Amado desfilaron por el juzgado no solo para lucir sus nuevos o ya no tan nuevos atributos, sino para hablar maravillas de él. La estrategia de la abogada quedó muy clara para el abogado: despertar simpatía por el trabajo del Dr. Amado y convertir la operación de Béverly en un desafortunado error. Comprendida la estrategia, lo difícil era oponerse a ella. Mientras al abogado se le ocurría algo, si es que llegaba ese momento, continuaban los testimonios de mujeres, más que operadas, superadas gracias a los oficios de Amado. Béverly creyó reconocer a una de las bailarinas del Celona entre las declarantes, justo la que estaba diciendo que el Dr. Amado no solo era un gran cirujano, también un gran psicólogo.

—A ver, explíquese—pidió la abogada.

—Yo tenía grandes problemas de autoestima, pensaba que todos los hombres me despreciaban. Pero ahora, con estos, soy la mujer más segura. Y todo ello gracias al Dr. Amado y sus maravillosas manos.

—No más preguntas—dijo la abogada y por supuesto el otro abogado no tenía nada que indagar con esa testigo, que se retiró como quien acababa de cumplir una importantísima misión.

Pero el abogado, que a veces actúa de acuerdo a lo que se espera de él y sin que nadie lo anticipara, interrumpió a la abogada cuando ésta llamaba a la siguiente testigo.

—No veo mayor sentido—dijo el abogado—a seguir trayendo pacientes del Dr. Amado. Estamos discutiendo su actuación en un caso específico.

La Abogada vio con desinterés y hasta con desagrado al abogado y reaccionó de inmediato como si hubiera estado esperando su objeción.

—Por eso, llamo ahorita mismo al Dr. Jorge Luis Amado.

—¿Ahorita?—preguntó con terror el abogado.

—¿No lo esperaba?—le devolvió la pregunta la abogada.

—A decir verdad, no.

La abogada no pudo borrar una leve sonrisa de sus labios, una sonrisa que no es de superioridad como pensaron algunos en la sala, sino de ternura. El abogado se llenó de preocupación, otra vez sintió que el caso se le estaba yendo de las manos y no tenía elementos para recuperarlo. Aunque la jugada de la abogada era arriesgada. Después de todo, el Dr. Amado puso cornetas dentro de los senos de una mujer volviéndola un acordeón humano, no será fácil despertar simpatías tras hacer algo así. El Dr. Amado se paró de su asiento en el lugar de la parte demandada y se sentó entre demandantes y demandados.

—Usted es un cirujano plástico de altísimo renombre—comenzó su interrogatorio la abogada.

—Por desgracia.

—No era pregunta, pero ya que contestó me obliga a pedirle que se explique.

—Parecía la profesión perfecta. Siempre había trabajo y los agradecimientos de las pacientes eran permanentes. Me sentía como una especie de dios cambiándole la vida a todas esas mujeres y convirtiendo el mundo en un lugar más bonito. Me di cuenta de mi error cuando la vi a ella.

—¿A Béverly Gil?

—No, a mi esposa. Ahí está ella, en el público, párate, mi vida, por favor. Da una vuelta. Gracias, puedes sentarte. ¿Se da cuenta?

—¿De qué?

—De nada. Nada por delante, nada por detrás, planita, lo que se llama una auténtica tabla de planchar, me vuelve loco, la veo y me excito, la pienso y me excito, imagino a alguien planchando y siento que soy yo tocando a mi esposa, alguien abre una puerta y me veo metiéndole mano a mi esposa, veo el techo y lo que deseo es que mi esposa caiga sobre mí y me ame. Entonces comprendí mi error.

—Continúe—dijo la abogada, visiblemente conmovida, pero era un abogado en ejercicio, quién podía creerlo.

—Lo bello es inusual, lo bello es diferente, lo bello es distintivo, y yo a punta de bisturí estaba uniformando a todas las mujeres, estaba haciendo exactamente lo contrario de lo que creía, no estaba convirtiendo el mundo en un lugar más bello, lo estaba volviendo un sitio aburrido, igual, monótono, y nada más alejado de la belleza que la monotonía.

—Entiendo perfectamente, no más preguntas.

El abogado se enojó bastante con el testimonio de Amado y eso lo convirtió en un litigante un poco más incisivo que de costumbre.

—Muy emotivo su alegato, un drama profesional y personal terrible, sin duda, pero en él no queda claro qué papel juega mi cliente.

—Simple, ella me pidió algo que yo no podía darle.

—¡Ella le pidió una operación de senos!—le reclamó el abogado.

—¡No! ¡Ella me pidió unos senos únicos! Y para mí eran todos iguales, son todos iguales. Lo que le hice fue la única manera que encontré para que fueran diferentes del resto. Si a ver vamos, hice exactamente lo que ella me pidió.

—Convirtiéndola en un espanto, en un esperpento, en un monstruo, en conclusión, arruinándole la vida.

—¿Quién lo dice?—se defendió desesperado el doctor—¿Su marido, su abogado o el hombre que verá cuán única es?

El Abogado no supo qué decir. Apenas le salieron las palabras necesarias para cerrar su interrogatorio.

—No más preguntas.

Terminada la sesión la abogada aprovechó para acercarse al abogado, que salió corriendo, incapaz de darle la cara a su colega o a su cliente.

La esposa del Dr. Amado fue en busca de su esposo, él la besó y la abrazó con cariño y ternura, pero ella no le correspondió. No se dijeron palabra hasta que estuvieron fuera del edificio del tribunal. Él ya se había dado cuenta de que algo andaba mal.

—No te preocupes, la abogada me dijo que sin duda estamos ganando.

—No es eso, sé que todo te saldrá bien.

—¿Entonces?

—Vamos a tu consultorio, prefiero hablar de esto allá.

Hicieron todo el camino del juzgado al consultorio en el mismo silencio. Un ya preocupadísimo doctor abrió su consultorio y se sentó en el lugar donde atendería a un paciente. De hecho, al ver a su esposa tuvo la impresión de que se trataba de una paciente, sintió la misma mirada de decisión con un dejo de incertidumbre que nunca llega a aflorar del todo. Sin darle chance para ponerse cómodo, ella habló.

—Quiero que me operes.

—No creo que necesites menos senos—respondió Amado bastante sorprendido con la petición de su esposa—, así como los tienes están perfectos.

—Quiero que me los aumentes, y no un simple aumento, quiero que me hagas los senos más grandes que hayas hecho jamás, que me duela la espalda al caminar, que me los montes tan arriba que no pueda bostezar sin tropezármelos, que nadie pueda de frente darme un beso en la mejilla.

—Pero, mi vida, ¿por qué?

—Hoy cuando te escuché en el juicio, supe que lo nuestro era una ilusión, una mentira, yo que pensaba que me amabas por lo que soy...

—¡Te amo por lo que eres!

—¡Me amas por mi cuerpo! No soy más que un objeto sexual para ti. Si no hubiera sido una tabla de planchar jamás habrías volteado a mirarme. Ahora quiero saber cuánto aprecias lo nuestro más allá de mi físico.

—No me hagas esto, por favor.

—Unas tetotas, quiero que me pongas unas tetotas, y nada de hacerlas distintas con adminículos y ridiculeces, no, silicona pura y simple.

—Yo te amo, amo tu físico y todo lo demás, lo demás es lo que más amo, no necesitas ponerme a prueba.

—Necesito los senos para probarlo. No quiero vivir pensando que algún día llegará una mujer a tu consultorio y tú le impedirás operarse.

—Yo no uso mi consultorio como una casa de citas, yo soy un profesional.

—Le pusiste cornetas a una mujer.

—Es distinto.

—¿Y cómo sé yo que siempre será distinto?

Amado no supo qué decir.

—O me operas o te dejo.

—Lo pensaré.

—No tienes toda la vida.

El Dr. Amado estaba visiblemente perturbado. No pudo mirar a su esposa a los ojos, nunca se habría podido imaginar semejante reacción de ella. No quiso seguir ahí. Se marchó dejando a su esposa con la palabra en la boca. De pronto, la esposa se llenó de miedo, cambió de actitud y salió detrás de Amado, pero él le llevaba mucha ventaja.

Cuando la esposa de Amado llegó a su casa y se dio cuenta de que su marido no estaba ahí, Béverly estaba entrando al Bar Celona. Al verla, Charly Párquer dejó de tocar y se fue a sentar a su lado.

—¿Por qué dejas de tocar? ¿No hay mujeres que te bailen alrededor?

—No lo entiendes. Soy músico, las mujeres se me acercan.

—Qué trabajo tan duro, ¿no?

—Pero es a ti a quien quiero tocar.

—¿A mí nada más?

—Nadie suena como tú.

—Pero no puedes tocarme todo el tiempo y creo que nos aburriríamos. Eso fue lo que le pasó a mi matrimonio, nos aburrimos uno al otro.

—No pasará conmigo.

Charly Párquer le entregó la trompeta a Béverly. Se quedaron en silencio, mirándose fijamente, no decían nada, solo se miraban, pero las noches en el Celona son largas y Charly Párquer duerme poco, no puede estar así quieto sin sucumbir al cansancio: cabecea y vuelve a despabilar.

—¿Estás aburrido?

—No.

—¿Y por qué cabeceaste?

—Pensaba

—¿En qué estabas pensando?

—En melodías.

—¿En melodías?

—Soy músico. Pienso en melodías.

—¿Y cómo son esas melodías?

—Hermosas.

—¿Son de tu propia inspiración?

—De tú inspiración. Son las melodías que compondría si me dejaras tocarte.

—Estoy casada.

—Tu esposo te pidió el divorcio.

—Pero yo seguiré sintiéndome casada mientras no firme el papelito.

—¿Qué te haría cambiar de opinión?

—No sé. No me mires así.

Béverly le dio la espalda a Charly Párquer. Él dudó un instante, luego se decidió, rodeó con sus brazos a Béverly desde atrás y le puso las manos en los senos, tomó aire profundamente y la besó mientras apretaba rítmicamente sus senos. Ambos produjeron una música maravillosa, la gente los observaba y los escuchaba emocionada, ellos no veían ni oían a nadie, solo tenían oídos para ellos, para la melodía que es el otro, para el placer que están sintiendo de una forma que nunca imaginaron se podía sentir pero que saben repetir más intensamente noche tras noche hasta que ya no pueden mantener el ritmo y respiran entrecortadamente, tomando aire entre jadeos, totalmente agotados. Entonces, Charly Párquer descansa un momento sobre la espalda de Béverly, y para quien los ve pareciera que no van a poder levantarse.

—Recibí una citación—dijo Charly Párquer, aún faltándole el oxígeno—. Mañana tengo que declarar en tu juicio.

Béverly casi hace caer a Charly Párquer al voltearse para verlo a la cara. Encontró dudas en la mirada del otro, no saben qué decirse. Béverly, sin mediar palabra, se fue.

Antes de ir al juzgado, el abogado le preguntó a Béverly si sabía el origen de este nuevo testigo de los demandados, pero ella no quiso contestar, así que el abogado no tuvo otra que atender al testimonio de Charly Párquer como si de una clase de derecho romano se tratara.

—¿Cómo conoció a la señora Béverly Gil?—preguntó la abogada.

—La escuché.

—Explíquese.

—Se apretó una teta y tuve que acercármele.

—¿Tuvo? ¿Se vio obligado?

—Sí, su sonido es hipnótico. Apenas la escuché supe que tenía que tocarla.

—¿Y la ha tocado?

—Mis mejores notas.

—No solo la ha tocado, ¡ya es un virtuoso haciéndolo!

—La práctica hace al maestro.

—Y para que no quede duda de cuánta práctica tienen, a continuación un video de lo que sucede en el Bar Celona tres noches por semana.

Con rabia e indignación, Beverly ve cómo con su postura la abogada está convirtiendo en obsceno y pornográfico el arte que ella y Charly Párquer crean juntos.

—Un acto público y notorio—dice la abogada al terminar el video.

—Ni tanto—responde Charly Párquer—, al Bar Celona no va mucha gente.

—Mientras, mi cliente es sometido a este juicio sin sentido. No más preguntas.

Es el turno del abogado, que se toma su tiempo, no le queda otra, tiene que improvisar sus preguntas.

—A ver, señor Párquer.

—Señor Contreras González.

—¿Qué?

—Charly Párquer es mi nombre, decirme Párquer es como que a usted le digan Gado. O me dice Charly Párquer o me dice señor Contreras González.

—Está bien, señor Contreras González. Dígame una cosa, ¿usted se hubiera acercado a mi cliente de no haberla escuchado?

—Ni siquiera la había visto, estaba tocando mi trompeta. Si ella no se hubiera tocado, no me habría enterado de que existía.

—Entonces podemos decir que para usted ella es un objeto.

—No un objeto, un instrumento.

—¿Y cuál es la diferencia?

—Que el instrumento tiene vida, yo se la doy.

—Es decir que para usted la señora Béverly Gil solo existe al tocarla.

—Tocarla, soplarla, besarla. Y cuando no la estoy tocando estoy pensando en las próximas melodías que le sacaré.

—Un monstruo, un instrumento, ¿cuál es la diferencia desde el punto de vista de la señora Béverly Gil? No más preguntas.

Béverly no podía creer lo que acababa de escuchar, el testimonio de Charly Párquer la afectó mucho. No esperó por nadie y salió del juzgado buscando un poco de aire fresco. Cuando estaba a punto de realizar la que se ha vuelto su actividad favorita, vagar por ahí, recibió un mensaje de su esposo. Qué querrá, se preguntó; no puede ser nada bueno, se contestó y acertó. El esposo quería mostrarle algo y por eso la citó en un café donde la estaba esperando con su computadora sobre la mesa.

Al entrar al café, Béverly creyó reconocer a una de las mujeres que atestiguó a favor del Dr. Amado. Cuando se sentó en la mesa donde la espera su a punto de ser ex esposo, él, sin decir palabra, acomodó la computadora para que ella pudiera ver lo que tenía en la pantalla.

— ¿Qué es esto? — preguntó Béverly entre sorprendida y molesta.

— ¿Qué te parece?

— ¿Qué te traes entre manos?

— Algo tenía que sacar, es mi autobiografía, no la escribí yo, por supuesto, pero a nadie le importa ese detalle, lo único que interesa es "Mi vida junto al monstruo", buen título, ¿no?

— Y si es tu autobiografía, ¿por qué la foto es mía?

— Vamos, tú sabes por qué, el problema no es la forma, es el contenido. Y también hay una foto mía, fíjate — dijo el esposo mientras se levantaba un poco de su asiento inclinándose sobre la computadora para alcanzar las teclas —, no del mismo tamaño pero me veo clarito, excelente ángulo, el fotógrafo es un maestro. Cuando los primeros libros salgan de imprenta te regalo un ejemplar, firmado y todo, aunque supongo que en el único sitio donde quieres ver mi firma es en el documento de divorcio, cosa que ya hice, debe estar en el correo, tú sabes, todo lo hacen con una lentitud.

— Todo, excepto el libro.

—Mi editor, porque hasta tengo editor, dijo que la clave está en tener el libro listo para que salga con el veredicto, sobre todo si es contrario al Dr. Amado, ¿esto es madera o es contraenchapado?—dijo mientras le daba golpecitos a la mesa—. Estoy emocionado, estos días he sentido una energía que nunca antes. Todo esto del libro fue como estar, no sé cómo decirlo, en drogas. Te asombrarías al ver cómo funciona la máquina, yo hablando prácticamente directo a la computadora y el escritor casi que solo tenía que corregir que el programa hubiera reconocido correctamente todas mis palabras. Por cierto, le di tus datos a mi editor, parece interesado en tu versión de los hechos. Después de todo, no nos fue tan mal con lo que te hizo el Dr. Amado, creo que le voy a hacer un agasajo, se lo merece.

—Eres… Eres… El verdadero monstruo eres tú.

De un manotazo, Béverly casi tiró la computadora al piso, pero el esposo reaccionó a tiempo para sostenerla. Al salir del café, Béverly llamó al abogado para exigirle un cambio de estrategia, mantenerla callada durante todo el juicio no fue una buena idea, ella quería hablar, decirle al mundo que ella en efecto sí es la víctima y no una descocada que recibió el castigo que se merecía. Mientras, en el café, la mujer que creyó reconocer Béverly se acercó a la mesa y miró la computadora con un interés teatral.

—¿Eso es un libro?

—Y ya está a punto de salir.

—¿Y tú eres el autor?

—¿Acaso no tengo cara de escritor?

—¿Quieres tomarte algo para que me hables del libro?

El esposo de Béverly vio a la mujer, se levantó de su asiento y le apretó un seno. La mujer reaccionó entre sorprendida y picarona.

122

—Disculpa, tenía que asegurarme. ¿Qué te provoca tomar?

—¿Estás segura de que esto es lo que quieres?— le preguntó el abogado a Béverly justo antes de anunciar que era su próxima testigo.

—Completamente, estoy harta de escuchar cómo o cuánto estoy afectada o no sin que yo haya dicho estas cornetas son mías.

—Al menos estás de buen humor.

—De sarcasmo, es la única forma de convivir con mi cuerpo. Salgamos rápido de esto.

El abogado hizo el anuncio y Béverly se sentó en la silla de los declarantes.

—A ver, cuéntenos, señora Gil—dijo el abogado—, ¿cómo ha cambiado su vida desde la operación?

Sonó un cornetazo, lleno de fuerza y rabia.

—Entiendo. No más preguntas.

Sin esperar a que el abogado tuviera la acostumbrada cortesía de ceder la palabra a la otra parte, la abogada inició su interrogatorio a Béverly.

—Pero eso no le impidió experimentar nuevas sensaciones, por ejemplo, con el señor Contreras González.

Sonó un cornetazo de desprecio.

—¿Acaso sus senos no son únicos, como le pidió a mi cliente?

Sonaron las cornetas varias veces, con burla e ironía.

—De que son únicos lo son, no puede negarlo, como tampoco puede negar que eso fue exactamente lo que le pidió a mi cliente. A ver, señora Béverly Gil, ¿qué quiere realmente usted? ¿Quiere conservar sus senos tal como están o quiere unos senos iguales a los del resto de las mujeres que han pasado por el quirófano del Dr. Jorge Luis Amado?

Sonó la corneta llena de duda.

—No más preguntas.

El Dr. Amado miró a Béverly que todavía no se levantaba de la silla de declaraciones. Era quizás la primera vez que la miraba a la cara desde que le dio el alta. Quería acercarse pero la abogada se lo impidió. El Dr. Amado no está cómodo con la reacción de su abogada. Es su momento de vagar, pero no se desconecta lo suficiente, sus pies saben exactamente qué camino tomar. Ya en su consultorio, Amado miró a su alrededor con abatimiento y preocupación. Al rato, empezó a recoger algunos objetos y papeles del consultorio y los metió en un maletín. Mientras salía del consultorio marcaba las teclas de su celular.

Apenas la abogada recibió la llamada de la esposa de Amado, convocó al abogado a una reunión de emergencia. Casi ni esperó a que el abogado entrara en la oficina para ir directo al grano.

—El Dr. Amado se fue, desapareció.

—¿Y el juicio?

—Sin el Dr. Amado no es mucho lo que puedo hacer.

—Entonces, técnicamente podríamos decir que he ganado.

—Técnicamente.

—Excelente—dijo el abogado, con una soberbia y autosuficiencia que incluso lo sorprendió a él—. ¿Quiere que la invite a un trago para brindar por el futuro?

—La verdad, no estoy interesada.

—Pero dígame una cosa. Si el Dr. Amado llegara a desaparecer para siempre, ¿quién le responderá a la señora Gil?

—Qué le puedo decir. No esperará que le responda yo.

—¿Es decir que mi victoria no tendrá expresión monetaria?

—Alégrese, obtuvo una victoria moral.

—¿Victoria moral en los tiempos del silicón? No me joda—. Nada quedó de la autosuficiencia, el abogado lucía y se sentía tan desvalido como siempre.

—Pero, ¿qué le pasa? Abogado, no llore.

—Es que, tengo deudas, y esta era una gran oportunidad. Si el Dr. Amado no se hubiera ido, yo no... Usted, abogada, es impresionante. ¿Sabe? Cuando le dije que nunca había perdido un caso con una abogada, con una mujer, es porque nunca había litigado contra una, la verdad es que nunca he ganado un caso. Soy un fracaso. Soy el más grande perdedor de la historia. Mentira. Soy el segundo más grande perdedor de la historia porque ni la competencia de perdedores la gané.

—No llore, no llore, por favor, no se ponga así, venga, siéntese aquí, vamos, levante el ánimo, ♪usted es un buen abogado, usted es un buen abogado, usted es un buen abogado, y nadie lo puede negar♪, ¿ya está mejor? ¿Vio? No tiene por qué sentirse indefenso, débil, inseguro, acorralado, para eso estoy yo aquí, para protegerlo, para darle cobijo, para arroparlo con mis brazos...

La Abogada estaba completamente excitada. El Abogado no sabía qué hacer. Ella estaba a punto de besarlo.

—Espero no interrumpir—interrumpió el Dr. Amado.

—No, no, no interrum... ¿qué te trae por aquí, Jorge Luis?

—Todavía soy tu cliente, creo yo.

—Sí, lo eres, pero estabas desaparecido.

—Estuve meditando.

—¿Sobre el caso?

—Sobre mi vida.

—¿Y alguna conclusión, que venga al caso?

—Que no quiero continuar con mi defensa, díganle a la señora Beverly Gil que haré lo que ella decida. Si tengo que pagar por una nueva operación, pagaré, si tengo que indemnizarla, la indemnizaré.

—Pero, tenemos buen chance de ganar.

—Iré ahora mismo a avisarle a la señora Gil— dijo el abogado antes de salir y cerrar la puerta de la oficina tras de sí, dejando a la abogada con la palabra en la boca.

—Pero, ¿de dónde sacó tanta decisión el abogado? Espera, Jorge Luis, no te vayas, ¿no crees que estás precipitándote?

—Tengo cosas más importantes que atender.

La esposa del Dr. Amado lo estaba esperando en el consultorio, sentada en el lugar que antes solía ocupar el cirujano.

—Estuve pensando mucho—dijo Amado sin siquiera tomarse la cortesía de saludar a su esposa—. Viajé en busca de respuestas y no encontré ninguna.

—No estuviste ni dos días fuera.

—Solo tenía para una noche de hotel, tú manejas mi dinero, ¿recuerdas?

—Siempre se me olvida que es tuyo. Pero, si no encontraste respuestas, ¿qué vas a hacer?

—Simplemente no sé. No quiero acabar con tu belleza operándote, y si el precio que tengo que pagar por ello es tener que separarnos, bueno, lo pagaré, lo siento. No tengo más nada que decirte.

—¡No te vayas! Yo sí tengo algo que decirte. Te amo, Jorge Luis. Y sé que tú me amas. Pero al oírte hablar en el juicio, mi reacción...

—Tu reacción fue normal.

—No, no lo fue. Actué guiada por los celos y eso no estuvo bien.

—Si sabes que no estuvo bien y sabes que yo no tengo ojos para otra, ¿cuál es el problema?

—El problema es que creo que volveré a hacerlo.

—Aprenderemos a vivir con tus celos.

—No, eso no se aprende. Si sigo sintiendo estos celos destruiré nuestro matrimonio, y si tú haces lo que sé que acabaría con mis celos, entonces nuestro matrimonio igual quedará destruido.

—A eso es a lo que yo llamo un dilema—dijo Amado intentando darle una inflexión de humor a sus palabras, sin lograrlo.

—Que en tu ausencia yo logré solucionar— continuó la esposa, orgullosa.

—Soy todo oídos.

—No me operes a mí, opera al resto.

—No te entiendo.

—Monta una clínica popular. Senos gratis para todas. Que todas las mujeres del mundo se operen los senos. Que no quede una sola tabla de planchar, excepto yo. Así estaré segura de que solo tienes ojos para mí.

—No tengo sino ojos para ti, pero si quieres estar segura, no veo por qué no.

—¿Lo harás por mí?

—Por ti pondré implantes hasta en la espalda— dijo Amado antes de abalanzarse sobre su esposa.

Mientras el Dr. Amado se reconciliaba con su esposa, Béverly estaba en la oficina del abogado, recibiendo las buenas nuevas, sin alusión a los senos. El abogado le contó que el Dr. Amado ofreció un nuevo trato y que como estaba la situación del juicio quizás lo mejor sería que ella aceptara. El Dr. Amado haría una nueva operación corriendo con todos los gastos y además le pagaría a Béverly una cantidad a convenir.

—Pero por lo que hablé con la abogada, el monto será importante.

Béverly no se mostró entusiasmada o interesada, escuchó al abogado como quien quiere que terminen de hablarle. Y de hecho, lo interrumpió.

—Yo no vine a hacer tratos con Amado, yo vine a avisarle que voy a retirar la demanda.

—Pero, ¿por qué? ¿Con semejante oferta sobre la mesa?

—Entiendo que se sienta mal, pero no puedo aceptar ninguna de las ofertas del Dr. Amado. ¿No lo ve? Ahora, le estoy profundamente agradecida.

—¿Por la forma en que la trata Charly Párquer? ¿Por su divorcio?

—Por convertirme en la inspiración de la música más hermosa, por ser tema de un libro, ¿cuántas mujeres pueden decir eso? Yo no lo pudiera decir si no fuera por el Dr. Amado. Me costó entenderlo, pero lo entendí.

—¿Y qué va a hacer ahora?

—Lo que debí haber hecho hace tiempo: ir a buscar a Charly Párquer.

Dicho esto, Béverly salió de la oficina y antes de que llegara al Celona, la abogada entraría en la oficina del abogado, finiquitando los pormenores del asunto.

—Jamás pensé que este caso terminaría así—dijo el abogado.

—Ni yo. Pero no puedo negar que estoy contenta, después de todo, no perdí el caso, sigo invicta.

—Yo también sigo invicto, no gané mi primer caso—el abogado no pudo evitar que al decir eso se le quebrara la voz.

—Ven, mi abogadito, no te pongas así, no llores, yo te cuido, yo te protejo, yo te defiendo, conmigo no te pasará nada, conmigo estarás a salvo, conmigo no tienes por qué sentirte débil, inseguro, acorralado.

La Abogada besó apasionada y salvajemente al Abogado, él se dejó hacer y le seguirán haciendo incluso cuando Béverly entró al Bar Celona. Charly Párquer estaba sentado en la barra, luce muy abatido. Béverly lo vio y luego buscó a su alrededor. Fue a la esquina de los músicos, tomó la trompeta y se la entregó a Charly Párquer.

—No es la trompeta lo que quiero tocar.

—¿Te aburrirías?

—¿De qué?

—De tocarme.

—¡Nunca! Perdóname, por lo que dije en el juicio.

—Eres músico. Tienes oído, no tacto.

Béverly se lanzó sobre Charly Párquer, se besan, él le apretó los senos y desafinaron.

—Así no puedo—dijo Charly Párquer.

Béverly se volteó, él la toca y la besa desde atrás. Suena una música bellísima, no pueden dejar de moverse al ritmo, bailan por todo el Bar Celona.

Agradecimientos

El primer trabajo que obtuve en Chicago se lo debo a él y ahora publico en su sello. Muchas gracias Fernando por todo el apoyo y la amistad.

Gracias a Julio Rangel, que le dedicó un buen rato a leer estos textos y a hacer sugerencias y correcciones.

Gracias a la pequeña pero activa comunidad literaria en español de Chicago, comenzando por Salvador Vergara, solidario y siempre entusiasta al frente de la Biblioteca del Instituto Cervantes, pasando por Rafael Franco, Gerardo Cárdenas, Luis Contreras, Febronio Zatarain, Raúl Dorantes, Marco Escalante, Martha Cecilia Rivera, Gio Matallana, Natalia Roncacio, Edna Romo, Carolina Cifuentes, José Ángel N., Rey Andújar, Moira Pujols, Juanita Goergen, Johanny Vázquez Paz, Stanislaw Jaroszek, Stephanie Manríquez, Susana Galilea, los propios Fernando y Julio, los ya de regreso en sus países de origen Daniel Parra, Jochy Herrera y Jorge Frisancho, hasta llegar a Paul Schroeder y su activo departamento de World Languages and Cultures de la Universidad Northeastern. Directa o indirectamente ustedes han hecho fácil el seguir escribiendo en español en Estados Unidos.

Gracias a mis padres, siempre atentos, siempre pendientes, siempre ahí.

A Eduardo Liendo, suegro, maestro, ejemplo.

A Olivia, mi adorada esposa, compañera, inspiración.

Luis Alejandro Ordóñez (Boston, 1973) es venezolano y reside en Chicago desde 2008. De profesión politólogo, en Venezuela tuvo a su cargo la cátedra de Comunicación Política en la Escuela de Comunicación Social de la Universidad Católica Andrés Bello. Ya en Estados Unidos, se ha desempeñado como editor, redactor de medios, corrector de estilo, traductor y profesor de español, además de a su carrera literaria.

En 2014 ganó el II premio literario en español de la Universidad NorthEastern por el cuento *Doble negación*. Con *Bibliotecario* ganó el Concurso de Microrrelatos Severo Ochoa, y fue finalista del I Concurso de Microrrelatos para Twitter @1cmct gracias al texto *Turno*. Su micronovela experimental *Gatubellísima* ha sido reseñada en diversas oportunidades como pionera de la narración vía Twitter y redes sociales. Ha publicado en diversas revistas y antologías. Es miembro del consejo editorial de la revista *contratiempo*. En su página web www.laoficinadeluis.com pone a disposición de los lectores la casi totalidad de su trabajo.

www.ingramcontent.com/pod-product-compliance
Lightning Source LLC
Chambersburg PA
CBHW071310130626
46556CB00004B/1557